君を愛していいのは俺だけだ

～コワモテ救急医は燃える独占欲で譲らない～

葉月まい

STARTS
スターツ出版株式会社

目次

君を愛していいのは俺だけだ～コワモテ救急医は燃える独占欲で譲らない～

君を愛していいのは俺だけだ
～コワモテ救急医は燃える独占欲で譲らない～

第一章　初恋の卒業式

「おめでとう！」

皆が口々に祝福の言葉をかけ、写真を撮る。

「ありがとう」

新郎新婦のふたりは幸せそうに微笑んで、テーブルの中央にあるキャンドルに灯りをともした。

「おめでとう、春樹」

「ありがとう、颯真。忙しいのに悪いな」

「いや、大丈夫だ。お前の晴れ姿を見られてよかったよ」

もう一度おめでとうと言うと、春樹は頷いて新婦の肩を抱きながら次のテーブルへと移動していった。

「とっても綺麗な奥様だね」

「うん、本当に。春樹先輩ともお似合いだね」

グラスを手に取りノンアルコールビールを飲みながら、颯真は同じテーブルの女性たちの会話になんとなく耳を傾ける。

披露宴が始まる前、颯真が友人たちと席札の置かれた席に座ると、面識のない女性三人組があとから現れ互いに軽く自己紹介をしていた。

六人掛けの丸テーブルの半分は新郎である春樹の高校時代の友人、颯真たち男性三人。

あとの女性三人は、春樹の大学院時代のゼミの後輩ということだった。

颯真はふと右隣に座っている女性の様子に目をやる。

綺麗な長い指でスマートフォンを操作し、撮ったばかりの新郎新婦の写真を眺めているその横顔は微笑んでいるのにどこか哀しそうにも見え、なぜか気になった。

その時ジャケットの内ポケットでスマートフォンが震え、颯真はすぐさま取り出して目を落とす。

「颯真、ひょっとして呼び出しか？」

「ああ。悪い、抜けさせてもらうわ」

「いや、気にするな。春樹にもあとで言っておくよ」

「すまん」

友人と言葉を交わしてから立ち上がった颯真は、同席の女性たちに「急な仕事が入ってしまい、途中ですが失礼します」と頭を下げて会場をあとにした。

「あのっ！」

エレベーターホールへと足早に向かっていた颯真は、後ろから聞こえてきた声に立ち止まる。

振り返ると、先程まで右隣の席に座っていた女性が紙袋を手にタタッと走り寄って来た。

「こちらをお忘れです」

そう言ってホテルのロゴが入った引き出物の紙袋を差し出す。

「ああ、そうか。すまない。ありがとう」

「いえ。お仕事お忙しそうですね。どうぞお気をつけて」

「ありがとう」

女性は柔らかい笑みを見せると両手を揃えて小さくお辞儀をしたあと、ふわりとオレンジ色のワンピースを翻して軽やかに扉の向こうに消えた。

＊＊＊

「……ただいま」

誰もいないワンルームマンションに帰ってくると、菜乃花(なのか)は小さくため息をついてハイヒールを脱ぐ。

引き出物の紙袋と小さなパーティーバッグを床に置くと、コートも脱がずにベッドにボフッと仰向けに身を投げた。

「素敵だったな、結婚式」

天井を見上げ、誰にともなくぽつりと呟く。

新郎新婦の幸せそうな姿を見て自分まで嬉しくなったし、どうぞお幸せにと心から願った。

だがこうしてひとりになると、何とも言えない切なさが込み上げてくる。

菜乃花は、目に焼き付いた春樹のタキシード姿を思い出す。

かっこよくて眩しいくらいに輝いていて、相変わらず笑顔が素敵で……。

そして隣に並ぶ綺麗な新婦とは、絵になるほどお似合いだった。

(もう平気だと思ってたのにな。吹っ切れると思ってたのに)

今日は自分にとっては卒業式、そう思っていた。

だが実際には、そう簡単に気持ちは切り替わってくれなかった。

（でも本当に今日でおしまい。明日からは、ちゃんと気持ちを切り替えよう！）

菜乃花は自分に言い聞かせるように大きく頷いた。


菜乃花にとって、春樹は初恋の人だった。

中学、高校と女子校だった菜乃花は、大学に入ってから共学の雰囲気になじめず、ずっと気後れしたままだった。

同年代の男の子とどう接していいのか分からない。

周りの女の子たちは、ごく普通の流れで男の子とつき合い始める。

たまたま講義で隣の席に座ったから。

ノートを貸してと頼まれたから。

学食で相席したから。

きっかけはいくらでもあると皆は言う。

サークルに入っている子は、彼とのデートの合間にも大勢の仲間と楽しく遊んでいた。

菜乃花だけは皆から取り残されたように、大学生活をそこまで楽しいとは思えなかった。

（まあ、いいか。大学は勉強する為に行ってるわけだし）

そんなふうに開き直って毎日を過ごし、三年生になると希望したゼミに入る。

そこで教授の手伝いをしながらいつも講義に同行していたのが、大学院生の春樹だった。

専攻していた心理学は、実験やテストなどで準備するものが多い。

教授はその準備を春樹と菜乃花に頼んだ。

春樹はともかく菜乃花にも頼んだのは、おそらく菜乃花がいつも一番前の席で熱心に講義を聞いていたからだろう。

毎日ふたりは講義の前に教授室に行って準備をし、講義が終わったあとは片付けをする。

そしてそのままお茶を飲みながら雑談することも多かった。

「菜乃花、いい加減誰かとつき合ってみたら？　せっかくの大学生活、もったいないぞ」

「いえ、私はそういうのは興味なくて」

「そう言っていっつも俺や教授とばかりお茶飲んでたら、一気に老け込むぞ？」

「老け込むってそんな……。春樹先輩、私と三つしか違わないじゃないですか」

「大学生の三つって大きいからな。それにお前は勉強ばかりしてる。もっと大学生活楽しまなきゃ」

菜乃花にとって、そんなふうに自然に会話が出来る異性は春樹がはじめてだったのだ。

何気ない会話の中で、春樹がふと笑いかけてくれる。

それだけで菜乃花は嬉しくて頬が赤くなった。

つき合いたいとか、告白しようとか、そんなことは思わなかった。

ただ毎日会って話をするだけでよかったのだ。

そんな日々は、春樹の卒業と共に終わりを迎える。

分かっていたことだった。

会わなくなればきっと気持ちも離れていく。

そう思っていたのだが、実際はそう簡単なものではなかった。

寂しい、会いたい……。

自分には無縁だと思っていた感情が湧き起こる。

それでも告白しようとは思わなかった。

時折同窓会で会えるだけでよかった。

そしてついに、春樹から結婚式の招待状が届いた。

だがそれほどショックは受けなかった。

彼ならきっと素敵な女性と結ばれて、幸せな家庭を築いていくだろうと常々思っていたから。

（この日を本当の最後の日にしよう。春樹先輩を私の心の中から完全に切り離そう）

幸せの絶頂にいるふたりを見れば、納得して諦められるだろう。

その為に式に出席することにしたのだった。

（ちゃんとお祝いの言葉も言えたし、心からおめでとうって思えた。大丈夫、少しずつだけど気持ちも落ち着くはず。よし！　明日もお休みだし、気晴らしに買い物にでも行こうかな）

今日は十二月十日。

クリスマスもうすぐ。

華やかな街のイルミネーションを楽しみながら、欲しいものをいっぱい買おう！と菜乃花は微笑んで頷いた。

第二章　再会

　翌朝、朝食を食べながらどこに買い物に行こうかと考えていた菜乃花は、突然鳴り出したスマートフォンに驚いて表示を見る。

「えっ！　どうして……」

　あれだけ忘れようと心に決めた春樹からの着信だった。

（連絡先、消去しておけばよかったな。あ、私が消去したところで、先輩からはかかってきちゃうか）

　頭の中で考えてから、とにかく出てみることにした。

「もしもし」

《あ、菜乃花？　朝からごめん。昨日はありがとな》

「いえ、こちらこそ。素敵な結婚式にお招きいただき、嬉しかったです」

《ありがとう。ところで菜乃花、ポーチ失くしてない？》

「え？」

　思わぬ言葉に、菜乃花は拍子抜けする。

「ポーチ、ですか？」

《うん。実はさっき、昨日菜乃花たちと同じテーブルだった俺の同級生から電話があってさ。引き出物の紙袋の中に、Nってイニシャルのポーチが入ってたって。写真撮って送ってもらったら、なんか菜乃花が持ってそうな感じのポーチなんだ。薄いオレンジ色で、花の刺繍が入ってる……》

「あ！　それ私のです」

そう言って、急いで記憶をたぐる。

（確か披露宴の途中で化粧室に行って、席に戻ってからバッグにポーチを入れようとしたらキャンドルサービスが始まったから、取り敢えず引き出物の紙袋に入れたんだっけ）

それから……、えっと？と考え込み、あ！と声を上げる。

「私、自分の紙袋を間違えてお隣の男性に渡してしまったかも！」

《ああ、そうみたいだな。途中で退席した時、追いかけて渡してくれたってそいつが言ってる》

「ごめんなさい！　間違えて渡すなんて、私ったら失礼なことを……」

《ははは！　菜乃花のおっちょこちょいは今も健在だな》

恥ずかしくて顔が赤くなる。

「本当にすみません。私、その方のご自宅まで取りに伺います」

《いや、そいつが今から届けに行くってさ。菜乃花、今日休み？　だったら菜乃花の最寄駅のロータリーに十一時に待ち合わせでいいか？》

「いえ、そんな。私のミスですから、私が伺います」

菜乃花がそう言った時、ふいに電話口の向こうからアナウンスの声が聞こえてきた。

《日本ウイング航空八四一便にてシンガポールにご出発のお客様は……》

ん？と首をひねってから、菜乃花はすぐに状況を把握した。

「すみません！　先輩、これから新婚旅行に行かれるんですね？」

《そうなんだ。今空港で、あんまり時間がなくて》

「分かりました。では十一時にその方と待ち合わせでお願いします」

《了解、伝えておくよ。じゃあな》

「はい、ありがとうございました。先輩、素敵な新婚旅行を」

《おう！　ありがとな》

電話を切り、菜乃花はふうと小さく息をつく。

「びっくりしたなあ」

そして改めてバッグの中と引き出物が入っていた紙袋を確認する。

やはりどこにもポーチはなかった。

昨日、あの男性が引き出物を持たずに出て行ったのに気づいた時、慌てて自分の紙袋を掴んでしまったのだろう。

(私ったら……。ありがた迷惑とはこのことね)

とにかく約束の時間を守り、お会いしてきちんと謝罪しようと菜乃花は支度を始めた。

アイボリーのニットに赤いスカートを合わせると、肩下まである髪を軽く巻く。

ロングブーツを履いてコートを羽織ってから、約束の時間より少し早めに玄関を出た。

最寄り駅へは歩いて十分で着く。

到着して時計を確認すると、十時四十五分だった。

ロータリーを見渡してみても、それらしい人はいない。

(まだ早いもんね)

菜乃花は人の邪魔にならない所に立って、のんびり待つことにした。

（えーっと、昨日の方って……）

披露宴のテーブルで互いに軽く自己紹介をした時、菜乃花はその男性の冷たさを感じるほど整った容姿に思わず目を奪われたことを思い出す。

切れ長の目にシャープなフェイスラインで、髪はサラリとナチュラルな黒髪。

他の男性ふたりがにこやかな笑みを浮かべるのに対し、その男性はキリッとした表情のままだった。

（硬派でコワモテなイケメンって感じだったな）

披露宴の途中で退席した男性の忘れ物に気づいて急いであとを追いかけた時、改めて向かい合ったその男性のスタイルのよさにも驚いた。

身長はおそらく一八五センチくらいあっただろう。

（これからまたお会いするんだ）

そう思うと、菜乃花は緊張で胸がドキドキしてきた。

するとロータリーにスーッと滑るように一台の車が入って来て、菜乃花のすぐ前に止まった。

運転席から昨日の男性が降り立つ。

Vネックの紺のニットにオフホワイトのパンツを履きこなした彼は、運転席のドアを閉めると真っ直ぐ菜乃花に近づいた。

「君が鈴原さん？」

「あ、はい！　そうです」

昨日のスーツ姿とはまた違ったラフな装いの彼に、菜乃花はドキッとしてうつむく。

「あの、昨日は大変失礼いたしました。今日はわざわざ届けに来てくださってありがとうございます。お忙しい中、本当に申し訳ありません」

「いや、大丈夫」

短くそう言うと彼は助手席のドアを開け、菜乃花のポーチを取り出した。

「はい、これ。君のもので間違いない？」

「あ、はい。間違いありません。お手数をおかけして、本当に申し訳ありませんでした。あの、今日は時間がなくて手ぶらで来てしまいまして。後日、改めてお礼をさせてください」

「まさか、そんな。気にしなくていいよ」

「でも私がお伺いしなくてはいけない立場なのに、わざわざ来てくださって……」

「本当に気にしないで」

「でも……」

菜乃花はどうしたものかと戸惑う。

春樹と同級生ということは自分より三歳年上のはずだが、目の前の彼はもっと大人びて見えて少し近寄り難い雰囲気だ。

そう思っていると、いきなり菜乃花のお腹がグーッと鳴った。

（ええ？　こんなタイミングで……）

菜乃花が恥ずかしさに真っ赤になっていると、彼はふっと頬を緩める。

「じゃあ、お礼の代わりにランチにつき合ってもらえるかな」

先程までとは違い、彼の表情は少し柔らかい。

「ランチ、ですか？」

「ああ。お昼がまだで、この辺りで何か食べようと思っていたんだ。いいお店があれば、つき合ってもらえると嬉しい」

いいお店、と菜乃花は考える。

「えっと、有名なお店ではないのですが、地元では人気のあるトラットリアがあります」

「よさそうだな。車で行ける？」

「はい。駐車場もありますし、ここから五分くらいで着きます」

「よし、そこにしよう。乗って」

「え？　ええ⁉」

「ほら、早く」

ドアを開けて促され、菜乃花は仕方なく助手席に乗り込む。

「道案内、お願い出来るかな」

「あ、はい」

菜乃花の案内で、無事にお目当ての店に到着した。

「なかなか雰囲気がいいね。オシャレというよりはちょっと無骨な感じで」

「ここのリゾットは特に美味しいですよ。半分に切った大きなチーズにリゾットを入れて、目の前で仕上げてくれるんです」

「じゃあそれにしよう。あとは、サラダとピザと……」

何品かオーダーしてスタッフが立ち去ると、思い出したように彼が尋ねた。

「君の下の名前って、Nで始まるの？」

え？と菜乃花は突然の話題に首を傾げる。

「ポーチにNのイニシャルが入ってたから」

「あ、はい。私、鈴原菜乃花と申します」

「なのか？　へえ、『なのか』なのか」

「ふふ、ダジャレお上手ですね」

「いや、ごめん。そんなつもりは……」

「あの、失礼ですけど、私もお名前をうかがっても？」

「宮瀬颯真だ」

「みやせそうまさん……。み、み、み……。ごめんなさい、ダジャレは思いつかないです」

「いや、そんな。ダジャレのお返しなんていいよ」

その時「お待たせいたしました」と料理が運ばれてきた。

颯真は早速、並べられた料理に次々と手を伸ばす。

「本当に美味しいね、このお店」

「ええ。土日はいつも混んでるんですけど、今日は月曜日なので空いてますね。そう言えば私の仕事は固定休ではなくてシフト制なんですが、宮瀬さんも？」

「ああ。でも土日も仕事だと、誰かと予定を合わせるのも難しいんじゃないか？　休みがなかなか合わなくて」

「いえ。彼氏もいないので、逆にこんなふうに平日の空いているランチを楽しめて私は気に入ってます。宮瀬さんは、やっぱり土日休みの方がいいですか？」

「いや、俺もシフト制の方が合ってる」

「彼女さんもシフト制なんですか？」

「いないよ。だから休日はひとりで気ままに過ごしてる」

へえ、と菜乃花は改めて颯真を見つめる。

（こんなにイケメンで背も高いし、きっとかなりモテるよね？）

それでも彼女がいないということは……。

「やっぱりシフト制だと彼女を作りにくいですか？」

「いや、単純に今俺が誰かとつき合う余裕がないだけ」

「それは、お仕事が忙しくて？」

「ああ、色々勉強中の身だしね」

颯真の言葉に、菜乃花はふと考える。

（勉強中って、どんなお仕事なんだろう。春樹先輩と同い年だから、今二十八歳のはずよね？）

気になるが、知り会ったばかりの相手に踏み込んだ質問も出来ない。

（そう言えば、披露宴の最中もお仕事の呼び出しがあったみたいだし。お忙しそうだ

な）

　時間は大丈夫なのだろうかと思い、聞いてみる。

「あの、今日はお仕事お休みなんですか？　お時間大丈夫でしょうか？」

「ああ。今日は夜勤なんだ」

「えっ！　夜勤ですか？　大変。それなのに私の為にお時間取らせてしまって……。おうちで身体を休ませたかったですよね？　本当にすみません」

「いや、いい気分転換になったよ。それに夜勤と言っても、正しくは宿直だから仮眠出来るんだ」

「本当に申し訳ありません」

　菜乃花は恐縮して頭を下げる。

　そのあとは他愛もない話をしながら、デザートまで美味しく味わった。


「ごちそうさまでした。とても美味しかったです」

　食事を終え、出口に案内してくれるスタッフに声をかけると、にこやかに「またどうぞお越しくださいませ」とドアを開けて見送られた。

　菜乃花も笑顔を返してから店を出る。

と、外に出た途端ハッとした。

「大変！　無銭飲食しちゃった」

慌てて戻ろうとすると、颯真が笑いながら止める。

「大丈夫」

「でも、あのスタッフの方きっと忘れてて……」

「そんなことないよ」

「え？　それじゃあ……」

「もう払ってあるから」

「えっ、いつの間に？」

君が少し席を外した時にね、と答えて颯真は車のロックを解除する。

「うちまで送るよ。あ、自宅の場所を知るのはよくないか」

「いえ、そんなことは」

「じゃあ、案内よろしく」

そう言って助手席のドアを開けて菜乃花を促す。

「ありがとうございます」

菜乃花は取り敢えず乗り込んだ。

「あの、宮瀬さん。私の分もお支払い済ませてくださったのでしょうか？　すみません、すぐに払いますから」

運転席に颯真が座るやいなや、菜乃花は財布を取り出して言う。

「いらないよ。せっかくの美味しい料理の余韻が半減する。気持ちよくおごらせてくれ」

「ですが、そもそも私がポーチの件でご迷惑をおかけしたのに……」

「本当にいいから」

苦笑いを浮かべる颯真に道案内をし、十分足らずで菜乃花のマンションに着く。

颯真が開けたドアから降りると、菜乃花は改めて頭を下げた。

「宮瀬さん。今日は色々とありがとうございました」

「こちらこそ、ランチにつき合ってくれてありがとう。久々に楽しい食事だった。じゃあ」

「はい。お仕事お気をつけて行って来てください」

「ありがとう」

菜乃花はその場に佇んで、颯真の車が見えなくなるまで見送る。

（よく考えたら、男の人とふたりきりで食事したのなんてはじめてかも？）

そう思うと、菜乃花は今さらながら胸がドキドキし始めた。

「素敵な時間だったな」

小さく呟いてから、菜乃花はマンションのエントランスに入った。

「それではこれからおはなし会を始めます。みんな、カーペットエリアに集まってください ね」

菜乃花が声をかけると、親子連れが次々と集まって来た。

皆きちんと靴を脱ぎ、カーペットの真ん中にいる菜乃花の近くに座る。

「みなさん、こんにちは！」

「こんにちはー！」

元気よく手を挙げて応えてくれる子やママの膝に座ってパチパチと手を叩く小さな子、既に慣れた様子で菜乃花の目の前にちょこんと座る子など、子どもたちの反応はさまざまだ。

「もうすぐみんなの楽しみにしている日がやってくるね。プレゼントが届く日だよ。何の日かな？」

「クリスマスー！」

「そうです、クリスマスです。今日はそんなクリスマスのお話です。それでは、はじまりはじまり……」

菜乃花は正座した膝の上に絵本を載せて、ゆっくりめくりながら読み聞かせを始めた。

ここは市内で一番大きな中央図書館。

図書館司書として働く菜乃花は、主に子ども向けのコーナーやイベントを任されていた。

毎週水曜日の午前十時から未就園児向けのおはなし会を開催したり、土日は小学生向けにおすすめの本を紹介したりと、子どもたちが図書館に通ってくれるよう色々な企画を考える。

壁には可愛いイラスト入りで、本のあらすじや司書のおすすめポイントを添えた紹介ポスターも貼っていた。

親子で楽しくたくさんの本に触れて欲しい。

その想いで菜乃花は日々図書館の魅力を伝えようと、アイデアを練っていた。

「……プレゼントを手にした子どもたちはみんな笑顔。サンタさんが届けたのは、みんなが笑顔になる魔法のプレゼント。それはきっと、君のところにも届くはず。ほら、耳をすませてみて。トナカイの鈴の音が聞こえてきたよ。シャンシャンシャンシャンシャン……。おしまい。……どう？　今日の絵本は楽しかったかな？」

「うん！　たのしかったー」

「おうちに帰ってからも、ママとたくさんお話してね。じゃあ次はお待ちかね、シールの時間だよ」

やったー！と子どもたちが手に小さなカードを持って、菜乃花に駆け寄る。

「みんな慌てずゆっくり歩いて来てね。順番ね」

菜乃花は子どもたちに声をかけながら、たくさんのシールをカーペットに並べた。

子どもたちは思い思いに好きなシールを選んで、手に持っていたカードに一枚貼る。

そのカードは『おはなし会カード』と書かれた、菜乃花が作って配ったものだった。

おはなし会に参加するたびにシールを一枚貼ってもらう。

子どもたちにとってのちょっとしたお楽しみだった。

「じゃあみんな、来週も待ってるね」

「はーい！　なのかおねえさん、さようなら」

「さようなら。気をつけて帰ってね」

「菜乃花ちゃん、お疲れ様」

おはなし会を終えて子どもたちを見送った菜乃花がカウンターに戻ると、主婦のパートスタッフの谷川(たにがわ)が声をかけた。

「お疲れ様です、谷川さん。私、裏で目録の作成してますね。カウンターの人手が足りなくなったら声かけてください」

「はーい、ありがとう」

菜乃花は笑顔で頷くと、バックヤードに入ってパソコンの前に座る。

新しく入ってきた本を片手に本の情報を入力していると、先程の谷川がひょっこり顔を覗かせた。

「菜乃花ちゃん、ちょっといい？　本のお問い合わせなんだけど、私、思い当たらなくて」

「はい、今行きます」

作業を中断してカウンターに行くと、毎週やって来る八十代くらいの男性が谷川と話していた。

読書が好きで、いつも菜乃花に面白かった本の感想を聞かせてくれる気さくな男性だ。

「加納(かのう)さん、こんにちは」

「おお、菜乃花ちゃん。悪いね、本が見つからなくて」

「いいえ。どんな本をお探しですか？」

「それがね、もうすぐ冬休みで遊びに来る孫が読みたがってる本なんだけど、名前が難しくて……。なんとかのかばんの国、とかなんとか」

ん？と菜乃花は首をひねる。

「かばんの国、ですか？」

「うん。確かそんな感じだった」

隣にいる谷川も、困ったように眉根を寄せている。

「検索かけたけどヒットしなくて。菜乃花ちゃん、子ども向けの絵本に思い当たるものある？」

「うーん、そうですね……。加納さん、お孫さんは今おいくつですか？」

「小学五年生なんだ」

「五年生……」

それなら、絵本ではないのかもしれない。

「お孫さんが、その本が読みたいってお話してくれたんですよね？」

「そうなんだ。なんでも人気の本らしくてね。友達の間でも話題になってるから、読んでみたいって」

「なるほど……」

菜乃花は視線を外してしばし考え込む。

（小学生に人気の本なら、間違いなくここにもあるはず）

いくつかの本のタイトルを思い浮かべているうちに、ハッと閃いた。

「加納さん。ひょっとして『ピーターとオズカバンヌの王国』じゃないかしら？」

「あ！　それだ、それ！」

前のめりに頷く加納の横で谷川が、ええー？と仰け反る。

「ぜ、全然違うじゃない……」

呆然と呟く谷川に苦笑いしてから、菜乃花はカウンターを出て加納を本のある場所まで案内する。

「加納さん、これがその本です」

手渡すと、加納はうんうんと頷く。

「間違いなくこれだよ。表紙に男の子と時計塔の絵が描かれてるって言ってたから」

「よかったです！　ちなみにこの本はシリーズになっていて、これは三作目なの。一作目から五作目まで揃ってるから、是非全巻お孫さんにおすすめしてくださいね」

「ありがとう、菜乃花ちゃん。じゃあちょっと読んでみるよ」

「はい、ごゆっくり」

菜乃花は微笑むと、カウンターへと戻る。

「菜乃花ちゃん、よく分かったわねー。かばんの国よ？　どうやったらあの本と結びつくのよ」

谷川に詰め寄られ、あははと笑ってやり過ごした時だった。

後ろでドサッと物音がして菜乃花は振り返る。

本棚が左右に並ぶ通路に、今しがた案内したばかりの加納が倒れているのが見えた。

「加納さん！」

菜乃花は慌てて駆け寄る。

「加納さん、加納さん？　聞こえますか？」

床に横たわる加納を仰向けにして肩を叩きながら耳元で声をかけたが、反応はない。

「鈴原さん、どうした!?」

館長が谷川と一緒にバタバタとやって来た。

「館長、救急車を呼んでください。谷川さんはＡＥＤとハサミを持って来てもらえますか？」

「あ、ああ。分かった」

「今持って来るわね」

ふたりはまたバタバタと立ち去って行く。

菜乃花は左手の腕時計に目を落とし、加納の手首で脈を測りながら胸とお腹の動きを注意深く見る。

（……十秒。全く動きはない）

菜乃花は意を決すると、加納の胸の真ん中にある胸骨の下半分に組んだ両手のつけ根を重ねた。

両肘を真っ直ぐ伸ばし、真上から垂直に胸を五センチほど沈み込ませるように一定の速さで圧迫する。

（一、二、三、四……）

無我夢中で胸骨圧迫を繰り返していると、谷川がＡＥＤとハサミを持って戻って来た。

「菜乃花ちゃん、これ」

「ありがとうございます。谷川さん、加納さんのシャツをハサミで切って前を開いてください」

菜乃花は胸骨圧迫の手を休めずに指示を出す。

谷川は菜乃花の手の動きを邪魔しないようにハサミを入れ、シャツの前を開いた。

「鈴原さん、救急車こっちに向かってるから」

「ありがとうございます。館長、代わってもらえますか?」

「え、あ、ああ」

戻って来た館長に、菜乃花は有無を言わさず交代してもらう。

館長も応急手当講習会は受講しており、やり方は分かっているはずだった。

素早く交代して館長が胸骨圧迫を始めると、菜乃花はAEDのふたを開けた。

音声案内に従って電極パッドの袋を開封し、加納の素肌の右胸と左わき腹にしっかりと貼る。

「身体から離れてください」の音声メッセージが流れ、館長も菜乃花も加納から一旦離れた。

心電図の解析をしたAEDから「ショックが必要です」と音声メッセージが流れ、

「ショックボタンを押してください」という指示を聞いた菜乃花はボタンを押した。

そしてまた胸骨圧迫を再開する。

「鈴原さん、大丈夫? 代わろうか?」

「では、次の電気ショックのあとは館長にお願いします」

「分かった」

館長と言葉を交わしていると、再びＡＥＤが心電図の解析に入るメッセージが流れた。

菜乃花は加納から離れ、案内に従って再びショックボタンを押す。

「館長、お願いします」

「ああ」

館長が胸骨圧迫を始めると、うっ……とかすかに加納がうめいた。

そして館長の圧迫を嫌がるように身じろぎする。

「館長」

菜乃花は声をかけて館長の動きを止めた。

加納の手首に触れながら、胸に耳を押し当てて心臓の音を聞く。

「脈、戻ってます」

「そ、そうか！」

その時、谷川に案内されて救急隊員が担架を持って駆け寄って来た。

菜乃花の説明を聞くと、救急隊員はすぐさま加納を担架に乗せて運んで行く。

「館長、私がつき添います」

「ああ、頼んだ」

菜乃花は頷くと、カウンターの裏に置いておいたスマートフォンと財布が入った小さなバッグを持って救急隊員のあとを追いかけた。


「この方のかかりつけの病院は？」

「分かりません」

「では、こちらで搬送先を探してもよろしいですか？」

「はい、お願いします」

救急車に乗り込むと、救急隊員は菜乃花とやり取りしてから電話をかけ始めた。

「受け入れをお願いします。八十代の男性で……」

だが病状を詳しく説明し始めると、救急隊員は顔をしかめた。

「そうですか、分かりました」

そしてまた別の病院にかけ直す。

そこでも同じようにすぐにやり取りを終えた。

(救急車が病院から受け入れを拒否されて立ち往生するって話、本当だったんだ)

菜乃花は酸素マスクをつけられてぐったりしている加納を見ながら、思わず両手を組んで祈る。

（お願い、誰か助けて！）

すると「あ、よろしいですか？　はい！　すぐに向かいます！」と救急隊員の覇気のある声がした。

「受け入れ先が見つかりました。これからみなと医療センターに向かいます」

「はい、ありがとうございます！」

菜乃花は思わず涙ぐみながらお礼を言う。

「シートベルトをしっかり締めてください。揺れますので」

「分かりました」

救急車はサイレンを響かせながら走り出した。

「もしもし、館長？　鈴原です」

動き出した救急車の中で、救急隊員に断ってから菜乃花は館長に電話をかけた。

「これからみなと医療センターに向かいます。館長、加納さんの登録データを呼び出してもらえますか？　フルネームはかのうあきおさん。確か漢字は、明るいに夫だったかと」

《分かった。ちょっと待って》

カタカタとパソコンのキーボードを打つ音を聞きながら、菜乃花はスマートフォンを肩と耳で挟んでエプロンのポケットからメモ帳を取り出す。

（えっと、倒れたのが十一時二十三分で……）

記憶をたぐりながらサラサラとメモにペンを走らせていると、館長の声が聞こえてきた。

《あったよ！　加納明夫（あきお）さんのデータ》

「電話番号は自宅の固定電話ですか？」

《ああ、そうだ》

「でしたら、奥さんが出られると思います。みなと医療センターに来てくださいと伝えてください」

《分かった。すぐかけるよ》

「それから館長、加納さんの生年月日は？」

《えっと、一九××年六月三日だ》

菜乃花がメモに書き留めた時、救急車が止まった。

「館長、ありがとうございました。またかけます」

そう言って電話を切る。

サイレンの音も止み、後ろのドアが外から開けられた。

「つき添いの方、先に降りてください」

「はい」

菜乃花は急いでシートベルトを外して降りる。

そこにはスクラブ姿のドクターやナースが、六人ほど待ち構えていた。

邪魔にならないよう、菜乃花はさっと脇に避ける。

加納を乗せたストレッチャーは、すぐさま救急車から降ろされた。

「つき添いの方はこちらへ。お話を聞かせてください」

「はい」

ナースに呼ばれて近づいた菜乃花は、ひと際背の高いドクターがいるのに気づいて
思わず顔を見上げた。

と、次の瞬間。

「……え？」

互いに顔を見合わせたまま動きを止める。

（この人、まさか……）

その時、加納のストレッチャーを運び込んでいたドクターが振り返って声をかけた。

「宮瀬、行くぞ」

「あ、はい」

菜乃花は、やっぱり!と目を見開く。

踵(きびす)を返してドクターたちのもとへと駆け寄る颯真を、菜乃花は、あの!と呼び止めた。

振り返った颯真に、菜乃花は破いたメモを手渡す。

「これを。よろしくお願いします」

頭を下げると、すぐにナースの方へと小走りで去った。

＊＊＊

「いち、に、さん」

処置室に入り皆で声を揃えて加納をベッドに移すと、心電図や心臓超音波検査など、さまざまな準備が進められる。

「えーっと、状況は?」

せわしなく手を動かしながら颯真の指導医の塚本が聞くと、ナースが「今、外で聞いてます」と答えた。

「加納明夫さん、八十二歳。図書館で倒れました。十一時二十三分CPA。十一時二十四分CPR開始。十一時二十六分AED装着。十一時三十三分救急隊員到着。以上です」

菜乃花から渡されたメモを読み上げてから皆に見せた颯真は、驚いたような視線を向けられる。

「ナースの前で倒れたのか。おじいさん、命拾いしたな」

緊迫した雰囲気の中、塚本の言葉に皆も頷いた。

＊＊＊

「菜乃花ちゃん！」

病院の廊下で待っていた菜乃花に加納の妻が取り乱した様子で近づき、すがりつく。

「菜乃花ちゃん、おじいさんは？　大丈夫なの？」

「今、お医者様に診てもらってます。おばあさん、ひとりで来たの？」

「そう。タクシーに飛び乗って。娘に電話したらこれから向かうって言ってたから、もうじき着くと思うわ」

「そうなのね。それならよかった」

加納の妻をベンチに座らせると、菜乃花は自動販売機で温かいお茶を買って手渡す。

「少しでもいいから、これを飲んで。ね？」

優しく微笑むと、加納の妻は頷いて口をつけた。

「はあ、あったかい」

菜乃花が寄り添って加納の妻の背中をさすり、ようやく落ち着いてきた時、「ご家族の方、中へどうぞ。先生から説明があります」とナースが現れた。

途端に加納の妻は緊張で身体を強張らせる。

「おばあさん、私も一緒に入りましょうか？」

「うん。お願い、菜乃花ちゃん」

加納の妻の身体を支えながら部屋に入ると、パソコンに向き合っていたドクターが振り返った。

「医師の塚本です。加納さんは図書館で倒れたということでしたが、応急手当がとても適切だったから大事には至りませんでしたよ。これから少し治療と入院が必要になりますが、充分回復が見込めます。恐らく後遺症などもあまり残らないでしょう」

「そ、そうですか。ありがとうございます。ありがとう……」

加納の妻は涙で言葉を詰まらせる。

さらに詳しく話を聞き、ナースから入院の説明を受けて部屋を出ると、お母さん！

と声がして四十代半ばくらいの女性が駆け寄って来た。

「ああ、恵美！　お父さんが、お父さんが倒れたの」

加納の妻は娘に抱きつく。

「落ち着いて、お母さん。先生はなんて？」

「えっとね、心筋梗塞だって。でも応急手当がよかったから、助かったって」

「そうなのね。よかった」

「うん、本当によかった」

加納の妻は、自分に言い聞かせるように何度も頷く。

「あの、はじめまして。中央図書館で図書館司書をしている鈴原と申します」

ふたりの様子を見ながら菜乃花は女性に声をかけた。

「あ！　加納の娘の井田恵美と言います。このたびは父が大変お世話になりました」

「いえ。大したことは何も出来ず……。加納さんの回復を心よりお祈りいたします」

「ありがとうございます」

「それと、事務手続きの為にご家族の方に入院窓口にいらしてほしいと言われていまして……」

「そうですか、分かりました。ここからは母と私がやりますので、鈴原さんはどうぞお戻りください。本当にありがとうございました」

「菜乃花ちゃん、ありがとね」

ふたりに頭を下げられ、菜乃花は首を振る。

「いいえ。あの、加納さん、今日お孫さんの為に本を借りにいらしたんです。五年生のお孫さんが読みたがっていた本を」

「え？　うちの息子の？」

「はい。一生懸命探していらっしゃいました。また借りに来られるのをお待ちしております」

そう言って菜乃花は深々とお辞儀をしてから病院をあとにした。

第四章 住まいは分かるが連絡先は知らない彼女

「あ、菜乃花ちゃん！」

「鈴原さん！　大丈夫だったかい？」

図書館に戻った菜乃花に、谷川と館長が心配そうに尋ねる。

「はい、大丈夫です。加納さんの奥さんと娘さんもいらして、主治医の先生から説明も受けました。心筋梗塞だったみたいです。カテーテル治療をしてしばらく入院になりますが、後遺症などはあまりないだろうとのことでした」

「そうなのね！　よかった……」

「ああ、ホッとしたよ」

菜乃花は改めてふたりに頭を下げた。

「館長、谷川さん。あの時はありがとうございました」

「何言ってるのよ、菜乃花ちゃん。全部あなたのおかげよ」

「そうだよ、鈴原さん。君がいてくれてよかった」

「いえ、私ひとりでは到底無理でした。本当に助かりました。あ、それと館長。ＡＥ

Dはドクターが解析するので加納さんの身体につけたまま搬送しました。新しいAEDの手配をお願い出来ますか？」

「ああ、分かった」

「それより菜乃花ちゃん、お昼食べた？」

谷川の言葉に菜乃花はふと時計を見る。

既に十五時になろうとしていた。

「いえ、まだ何も」

「早く食べてらっしゃい」

「そうだな。それに今日は疲れただろう。最低限のことだけやったらもう上がりなさい」

谷川と館長の言葉に菜乃花はありがたく休憩を取り、その日は定時で帰った。


次の日はオフで、菜乃花は朝からのんびりと部屋でくつろいでいた。

(そういえば買い物もまだ行ってないままだったな。今日は二十一日だし、クリスマスらしい雑貨でも買いに行こう)

そう思いながらコーヒーを飲んでいると、またしても春樹から電話がかかってきた。

「ええ？　どうしてなのよー。せっかく最近は先輩のことを思い出さなくなってたのに」
　ぶつぶつとひとり言を言いながら電話に出る。
「もしもし」
《あ、菜乃花？　いやー、お前なんだか面白いことになってるな》
　は？と菜乃花は聞き返す。
「先輩、急に何のお話ですか？」
《いや、ほら、颯真だよ。またあいつから電話がきたんだ。で、おかしなこと言うからさ》
「おかしなこと？」
《そう。ナースの彼女に会いたい。住んでるマンションは知ってるけど、連絡先は知らないから伝えてくれってさ》
「ナースの彼女？　って誰ですか？」
《お前のことらしいぞ》
「ええ!?　どうして私がナースなんですか？」
《知らん。お前も心当たりないのか？　いやー、面白いな。菜乃花、二十四日って仕

事?》

「はい。夕方五時までの早番です」

《そしたらさ、そのあとうちに来ないか? 颯真も呼んでクリスマスパーティーでもしよう》

ええ?と菜乃花は戸惑う。

《なんだ? もしかして彼氏とデートだったか?》

「いえ、そういうわけでは。でも先輩だって新婚さんなのに、奥様とふたりでクリスマスイブを過ごしたいんじゃ……」

《有希がそうしようって言ってるんだ。俺とふたりきりはもう飽きたらしい。あはは!》

「え、まさか、そんな」

《冗談だよ。有希もお前たちの話が聞きたいらしい。何がどうなってるのか颯真は詳しく話してくれないから、てんで想像つかなくてさ。あと、新婚旅行の土産も渡したいし》

「は、はあ」

楽しそうな春樹の口調に押され気味になる。

《な？　みんなでわいわい楽しもうぜ。菜乃花、仕事終わったらうちに来いよ。あとでメッセージで住所を送るから》

「はい。分かりました」

《じゃあな、楽しみにしてる》

「はい、よろしくお願いします」

　通話を終えてしばし呆然とする。

（新居にお邪魔するなんて、どうしてこんなことに……。お願いだから、先輩のことを忘れさせてよー）

　眉を八の字に下げて困った顔になる。

（仕方ない、覚悟を決めるか。ちょうど買い物に行くつもりだったし、手土産も選びに行こう）

　コーヒーを飲み干すと、菜乃花は少しオシャレして街に出かけた。

　クリスマスのイルミネーションが輝く街は、歩いているだけでも気分がいい。

　菜乃花は有名な洋菓子店を覗いてみた。

（いつもより空いてる。ここのお菓子、先輩の奥様はお好きかな？）

　可愛らしいパッケージのお菓子を手土産にすることにした。

「よっ、早かったな。どうぞ」

「はい、お邪魔いたします……」

二十四日、仕事を終えたその足で菜乃花は春樹のマンションを訪れていた。

「失礼します……」

菜乃花が小さくなりながら春樹に続いてリビングに足を踏み入れると、黒髪のストレートボブでスタイルのよい春樹の妻がにこやかに挨拶する。

「こんばんは、有希です。先日は結婚式に来てくださってありがとう。今日もいらしてくださって嬉しいです。さあ、どうぞ座って」

「はい、失礼いたします」

促されてソファの隅にちょこんと腰掛け、菜乃花はそっと有希に視線を移す。

結婚式でのドレス姿も美しかったが、ラフな服装でもやはり美人で聡明な印象だった。

「あら、そんなすみっこに座らなくても。はい、紅茶はミルクでいいかしら？」

「あ、はい。ありがとうございます。それからこれ、よろしければどうぞ」

菜乃花は持って来た手土産を有希に手渡す。

「まあ、ありがとう。あ！　この紙袋、ひょっとして『ロージーローズ』の？　嬉しい！　私、ここのお菓子大好きなの」

「そうなんですね、よかったです」

「このお店いつも並んでるから、買うの大変だったんじゃない？」

「いえ。平日の午前中に行ったので、空いてました」

「そっか。菜乃花さんって土日休みじゃないのね」

　すると春樹が話に加わる。

「菜乃花、相変わらず休みの日はひとりでゴロゴロしてるのか？」

「はい、基本的にはそうですね」

「おいおい、もっと休日を楽しんだらいいのに」

「春樹、それは人それぞれよ。疲れる相手とつまらないデートするより、ひとりの時間の方が楽しかったりするもの」

　有希がそう言うと、春樹がギクリとした顔になる。

「有希、それって暗に俺のこと言ってる？」

「ん？　まさか！　そんな人と結婚するわけないでしょ？　昔の話よ」

「昔？　って、つまり元カレってこと？」

「もう、春樹ったら。何をつまらないヤキモチ焼いてるの。ほら、菜乃花さんが持って来てくれたお菓子、いただきましょ！　とっても美味しいんだから。ね？　菜乃花さん」

「あ、は、はい」

菜乃花は、目の前で繰り広げられる春樹と有希の会話に顔が火照ってくる。

（なんだかとってもラブラブな雰囲気だな。私、お邪魔なだけなんじゃ……）

居心地が悪くなってきた時、春樹のスマートフォンが鳴った。

「お、颯真が着いたみたいだ。来客用の駐車場、案内してくるよ」

春樹がスマートフォンを片手に立ち上がり部屋を出て行くと、菜乃花は有希とふたりきりになる。

「ねえ、菜乃花さんって春樹の大学時代の後輩なんですってね」

「あ、はい。私が三年生でゼミに入った時、先輩は院の二年生でした」

「そうなのね。菜乃花さん、私よりも先に春樹と知り合ってたんだ。ね、どんな感じだった？　学生の春樹って」

「そうですね、あの。頼れる先輩でした」

菜乃花はなんと答えていいか分からず、しどろもどろになる。

「えっと、有希さんは先輩と職場でお知り合いになったんですよね？」

結婚披露宴で紹介されていたふたりのエピソードを思い出す。

春樹は公認心理師と臨床心理士の資格を持ち、病院で働いている。

そこでナースをしていた同い年の有希と知り合ったという話だった。

「うん、そう。まあいわゆる職場結婚ってやつよね。だから大学時代の『青春』って感じに憧れちゃうの。私は看護学校でひたすら勉強してたけど、大学生って楽しそうだなって」

「あ、私も勉強ばかりで、たいした青春の思い出はないです」

「そうなの？　でも春樹はあなたのことよく話すわよ。教授と緑茶を飲みながら、延々と箱の中にミニチュアの世界を造ってる女の子だったって。えっと心理療法の、箱庭だっけ？」

うっ、と思わず菜乃花は喉を詰まらせる。

「そ、そんなイメージを持たれていたなんて……」

「そうなのよー。だから私、披露宴であなたを見て驚いちゃった。こんなにかわいらしい女の子だったのね！って」

いえいえ、そんな、と菜乃花は慌てて手で否定する。

「春樹はあんなこと言ってたけど、私は今のままのピュアな感じの菜乃花さんでいてほしいな。焦って変な男とつき合ったりしないでね」

「そんな。私、今のところおつき合いしたい人もいませんし」

「でもきっとこの先、素敵な人が現れるわよ。菜乃花さんを大事にしてくれる人がね」

「それは、どうでしょう」

「絶対いるって！」

「だといいですけど」

そんなことを話していると、玄関の開く音がして春樹と颯真がリビングに入って来た。

「お久しぶりです、颯真先生」

「こんばんは。お邪魔します」

有希に挨拶したあと、颯真は菜乃花に目を向ける。

「こんばんは」

「こんばんは」

「会えてよかった。君に返したい物があって」

颯真はそう言って菜乃花に紙袋を差し出す。

「何でしょうか？」

菜乃花は怪訝な面持ちで受け取り、中を覗き込む。

「え？　これ、あの時の？」

入っていたのはＡＥＤだった。

「ああ。電極パッドも交換していつでも使えるようにしてあるから」

「そうなんですね！　助かります。ありがとうございました」

「いや、礼を言うのはこちらの方だ。本当にありがとう。君のおかげで加納さんは一命を取り留めた」

「あの、加納さんの容体は？」

「快方に向かっている。来月にはまた元の生活に戻れると思う」

「よかった！　ありがとうございます」

菜乃花がホッとしたように笑顔で頭を下げると、春樹がふたりを交互に見比べながら口を開く。

「なあ、おふたりさん。一体、何がどうなってるんだ？　まずはそれを聞きたいんだけど」

ソファに四人で腰を下ろすと、菜乃花はあの日の出来事を詳しく話し出した。

「私が働いている図書館で、顔なじみのおじいさんが突然倒れたんです」

「え？　君、図書館で働いてるの？」

いきなり話の腰を折る颯真に、春樹は眉根を寄せる。

「颯真、お前の話はあと。菜乃花、それで？」

「あ、はい。すぐに駆け寄って声をかけたんですが、呼吸も心臓の動きもなくて。救急車とＡＥＤを頼んで心臓マッサージを始めました。ＡＥＤの二回目のショックで心臓が動き始めて、そのまま救急車で搬送されたんです。私がつき添ってみなと医療センターに運ばれました。到着して救急車を降りたら……」

「そこに颯真がいたと」

「ええ。びっくりしました」

すると颯真がいよいよ身を乗り出した。

「いや、びっくりしたのはこっちだ。君、ナースじゃないの？」

「はい、中央図書館に勤める司書です」

「司書？　でもあのメモは……」

「颯真、落ち着けよ。ドクターのお前が一番落ち着きないぞ」

春樹の言葉に、有希もクスッと笑う。

「ほんと。颯真先生、菜乃花ちゃんよりも年上なんだし。ねえ？　菜乃花ちゃん」

「え、いや、あの」

菜乃花が返す言葉に困っていると、颯真が口を開いた。

「あの時、救急車を降りた彼女が俺にメモを渡したんだ」

そう言ってメモに書かれていた内容をふたりに伝える。

「うわー、完璧。本当にナースみたいね」

有希が感心したように言うと、確かに、と春樹も頷く。

「だろ？　患者の処置に当たってたドクターたちはみんな、メモを書いたのはナースだと思い込んでたぞ。俺の指導医ですらな」

「なるほど。それでお前の中で菜乃花は『住まいは知ってるけど連絡先は知らないナースの彼女』って認識になったわけだ」

「あはは！　なんだかおかしなことになってるのね」

有希が面白そうに笑い出す。

「じゃあ改めてお互い自己紹介したら？　菜乃花ちゃんと颯真先生」

有希に交互に見つめられ、菜乃花と颯真は気まずそうにうつむく。

「え！　ごめんなさい。お見合いみたいになっちゃった。春樹、仲人やる？」

「そうだな。それでは、えーゴホン！　本日はお日柄もよく……」

「クリスマスイブに何言ってるのよ。それはいいから、先を早く」

「分かったって。えー、まずは颯真から。こちらは俺の高校時代の悪友、あ、いや、親友の宮瀬颯真くんです。ご覧の通り容姿端麗、頭脳明晰、女の子の告白をバッサバッサと断り続け、泣かせた女子は数知れず……」

「春樹！　それは余計よ」

「おっと失礼。とまあ、そんなイケメン男子は医学部に進学。卒業後初期研修を終え、現在は救急科専門医の資格を取るべく、ERで専攻医として研修を始めた二十八歳の独身。ここ数年は彼女も出来ませんが、非の打ちどころのない男であります」

「んー、ちょいちょい説明が雑だけど、いいわ。じゃあ次、菜乃花ちゃんの紹介ね」

「はいよ。えー、こちらは俺の大学時代の後輩、えっと、名字は忘れましたが菜乃花です。いやー、女子大生といえば華やかなキャンパスライフを送るかと思いきや、菜乃花はいつも教授室にいて、俺と教授の茶飲み友達でもありました」

　はーるーきー、と有希が鋭い視線を送る。

「こんなにかわいい菜乃花ちゃんの魅力を、もっとちゃんと伝えてよ」

　あ、いえ、そんな、と菜乃花は小さく手で遮る。

「えー？　菜乃花の魅力？　うーん、何だろう」

「春樹！」

有希がさらに春樹を睨む。

「いえ、あの、いいんです。私、本当に何の取り柄もないし、女子大生らしさもなく地味に暮らしてましたので」

「はは！　地味な暮らしまでは言わなくてもいいよ。でもそうだな、菜乃花は周りの女子みたいに軽く流されないところが長所かな。その場の雰囲気でホイホイ男について行ったりしないし」

「それはそうでしょうね。そんな菜乃花ちゃん、想像つかないわ」

「あとは、そうだな。とにかく真面目だったな。お前さ、なんで心理学の道そのまま進まなかったんだ？」

思わぬ話の流れに、菜乃花は、え……と戸惑う。

「お前なら絶対いい心理士になれたと思う。教授だって、お前はてっきり院に進むと思ってたから、驚いてたぞ」

「あ、その。それは……」

菜乃花がうつむいて言葉に詰まっていると、有希が明るく言った。

「そんな話はいいの！　とにかく菜乃花ちゃんは、同性の私から見てもピュアなのがよく分かる。今どきこんなに純粋な女の子は珍しいわよ。うちの職場の女の子たちなんてもう、コロコロ彼氏が変わるんだもの。ひと月ごとに違う子だっているのよ？もはやマンスリー彼氏」

「ははは！　有希、上手いこと言うな」

つられて菜乃花や颯真も笑い出す。

「ほんとなんだから。どんなに現場が忙しくても、デートなのでお先に失礼しまーす！って帰って行くの。それなのにすぐ別れるのよ。もうガックリ。冷静にメモを残せる菜乃花ちゃんの方がよっぽどナースに向いてるわ」

「まさか、そんな」

「いや、本当に俺もそう思う」

ずっと黙っていた颯真が口を開いた。

「加納さんを助けたのは間違いなく君だ。心臓が停止すると、一分経過するごとに七〜一〇%ずつ救命率が低下すると言われている。もし何もせずに救急車の到着だけを待っていたら、十分後にはほぼ助かる可能性がなくなってしまうんだ。いかに早く処置を開始するかが救命の鍵となる。胸骨圧迫とＡＥＤの電気ショックによる適切な一次救命処置を迅速に行えば、一分ごとの救命率の低下を四％に抑え、十分後でも約六〇%の生存率を保つことが出来る。それに脳機能の損失は心停止後三～五分。その後遺症のリスクを減らすことにも繋がる。君の対応はそれほど大きな意味のあることだったんだ」

真剣な眼差しで見つめる颯真から、菜乃花は視線を逸らすことが出来ずにいた。

「加納さんの担当医としてお礼を言わせてくれ。本当にありがとう」

「いえ、こちらこそ。加納さんは何年も前から図書館に通って、私にも気さくに話しかけてくれる優しい方です。救急車の中で搬送先がなかなか決まらなかった時、とても不安でした。加納さんを受け入れて助けてくださって、本当にありがとうございました」

ふたりが互いに頭を下げるのを見届けると、有希が明るく笑った。

「さあ！　ではでは、ここからは楽しくクリスマスパーティーにしましょうか」

「そうだな。有希、たくさん料理作ったもんな」

「そうなの。菜乃花ちゃん、運ぶの手伝ってくれる？」

「はい！」

菜乃花も明るく笑って立ち上がった。

次々とテーブルに並べられた有希の手料理は、チキンやスープ、サラダにオードブルなど、どれもこれも手の込んだものばかりだった。

「凄いごちそうですね！　有希さん、とってもお料理上手」

「ふふ、ありがとう。楽しみで張り切っちゃったの」

「じゃあ早速乾杯するか！　颯真がいいワイン持って来てくれたんだ」

そう言って春樹がワイングラスに注ごうとすると、颯真は手で遮った。

「俺はいいよ」

「なんでだ？　車なら代行頼むか明日取りに来ればいいだろ？」

「いや、病院から呼び出しがあるかもしれないし」

「またそれか」

春樹は小さくため息をつく。

「颯真、お前この先も一生、一滴も酒を飲まないつもりなのか？　非番の日まで気を張り詰めてたら持たないぞ」

「悪い、なんか雰囲気壊して」

「そうじゃなくて！」

するとと有希が割って入る。

「じゃあ颯真先生は、かわいらしく炭酸ジュースね。はーい、ブドウ味ですよー」

そう言って颯真のグラスにコポコポと注ぐ。

「では皆様、グラスを持って。メリークリスマス！」

明るい有希の口調に、四人で、乾杯！とグラスを掲げた。


「有希さん、先輩、今夜はありがとうございました」

「いいえー。菜乃花ちゃんとお話出来て、とっても楽しかったわ。また遊びに来てね！」

「はい、ありがとうございます」

マンションのエントランスで菜乃花が春樹と有希に挨拶していると、颯真が回してきた車がすぐ後ろに止まった。

菜乃花をマンションまで送って行くという。

「じゃあ、行こうか」

「はい。よろしくお願いします」

菜乃花は、颯真が開けたドアから助手席に乗り込んだ。

「じゃあな、颯真。身体に気をつけろよ」

「ああ、ありがとう」

「またねー。颯真先生、菜乃花ちゃん」

ゆっくりと動き出した車の窓から、菜乃花はふたりに笑顔で手を振った。

＊＊＊

走り出してしばらくすると、颯真はふと菜乃花の様子を横目でうかがう。

「とっても楽しかったですね」

そう言って笑う菜乃花の横顔に、颯真はなぜだか哀しげな儚さを感じていた。

（前にもこんな表情を見たな。確か、披露宴の時だ。春樹たちの写真を見ながら、お似合いで素敵と言いつつ、なぜだか寂しそうに微笑んでいた）

颯真は、窓の外の景色を眺めている菜乃花にもう一度視線を向ける。

その横顔は思わず見とれてしまうほど美しく、同時に胸が締めつけられるような切なさが伝わってきた。

（なぜだ？　柔らかい表情なのに、どうしてこんなに胸が痛くなる？）

幸せそうに見えるが、泣きそうにも見える。

不思議な感覚に囚われながら、颯真は当たり障りのない話題を選んだ。

「えっと、中央図書館で働いてるんだっけ？　公園の横にある大きな図書館？」

「はい、そうです」

「俺も時々行くよ。医学書や参考書とか、品揃えがいいから。医療雑誌なんかも古い物も置いてあるだろう？」

「ええ。書庫にバックナンバーを保管してあります。調査研究用としての映像記録もありますよ。館内視聴のみですが」

「そうなんだ。それは何階？」

「地下一階です。医学関係の本なら四階ですけど」

「ああ、いつも四階に行ってる。でも君があそこで働いてるなんて知らなかったな」

「私は主に絵本や子ども向けの図書の担当なので、一階の奥にいることが多くて」

「そうか。そこは行ったことがないな」

「よかったらいつでも覗いてみてください」

「え、いい年の男がひとりでふらっと行っても大丈夫？」

　菜乃花はふふっと笑う。

「もちろん。あ、でもやはり誰でも入れる施設なので、そういった防犯面では私たちも目を光らせて気をつけてます」

「そうだろうな。迷子だけでなく、誘拐とかも？」

「ええ。それに盗撮とか」

「それは大変だ。その上この間みたいに、急に倒れる人もいて」

「はい。ですので、ＡＥＤの使い方や応急手当の講習はきちんと受けています」

「なるほど」

そんな話をしているうちに、イルミネーションが綺麗な繁華街に差し掛かった。

「わあ！　なんて素敵なの……」

菜乃花は窓の外の景色に目を奪われている。

颯真はふと思いつき、左折して大通りに出ると、信号待ちの間に菜乃花に声をかけた。

「少し寒くなっても平気？」

「え？　はい」

何のことかと不思議そうに菜乃花が頷くと、颯真はサンルーフのスイッチをオープンに入れた。

かすかな音と共に車の天井にガラス面が現れ、さらに角度をつけてガラスが少し開いた。

「え、え、わあ！」

菜乃花は驚いて上を見上げる。

颯真はクスッと笑ってから、信号が青になるのを見て車を走らせ始めた。

「ひゃー！　イルミネーションが真上に！」

菜乃花は興奮して目を見張る。

「とっても綺麗……」

両サイドの並木道をキラキラと彩るイルミネーションの中を、ゆっくりと車で走り抜けていく。

菜乃花は両手を組み、聖なる夜の輝きにうっとり見とれて微笑んだ。

（さっきとは別人だな）

ようやく菜乃花の本当の笑顔が見られたと、颯真も思わず笑みをもらした。

第五章　消えゆく恋心

年が明けて半月が経った頃、菜乃花はみなと医療センターを訪れた。

「加納さん、こんにちは」

「菜乃花ちゃん！」

病室に現れた菜乃花を、加納が満面の笑みで迎える。

「体調はいかがですか？」

「菜乃花ちゃんのおかげで助かった。もうすっかり元気だよ。ありがとうな、菜乃花ちゃん」

「いいえ。お元気そうでよかったです」

「わざわざ見舞いに来てくれたのかい？」

「ふふ、今日は加納さん専用の移動図書館です」

へ？と加納は目を丸くする。

「加納さんが予約されていた本が届いたんです」

そう言って、トートバッグから本を数冊取り出す。

「おお！　ありがとう、菜乃花ちゃん。嬉しいよ。入院生活も暇になってきたから」

「よかったです。体調無理しないで、ゆっくり読んでくださいね。また読み終わる頃に受け取りに来ますから」

加納は何度もありがとうと繰り返しながら、本を手にして笑顔になる。

菜乃花も、来てよかったと微笑んだ。

「そう言えばね、菜乃花ちゃん」

「はい、何ですか？」

ベッドの横の椅子に座った菜乃花に、加納が声を潜めて話し出す。

「私の処置をしてくれた先生がね、これまた美男子なんだよ。えっと、今で言うイケメンってやつだな」

「へえ、そうなんですね」

「うん。しかもまだ独身なんだって。菜乃花ちゃん、どう？」

「はい!?　どう、って、どういう？」

菜乃花が面食らうと、加納は含み笑いをする。

「菜乃花ちゃんとお似合いなんじゃないかと思うんだよ。紹介しようか？　ちょっと待ってね」

そう言って、ナースコールのボタンを押そうとする。

「わー！　ダメダメ！　加納さん、そんなことにナースコール使っちゃダメです！」

「そう堅いこと言わないでさ。菜乃花ちゃんには幸せになってほしいんだよ」

「お気持ちはありがたいけど、それは押しちゃダメです！」

「そうか。じゃあ、今から呼びに行ってくるよ」

「ヒー！　加納さん！　いいから、私のことはいいから！　立ったらダメ！」

「そんな病人扱いしなくても……」

「立派な病人です！　加納さん、お願いだから横になって！」

ベッドから降りようとする加納を菜乃花が必死で止めていると、ふいに後ろから声がした。

「なんだか賑やかですね、加納さん」

振り返ると、白衣姿の颯真が立っている。

「あ、先生！　ちょうどよかった。今、先生を呼びに行こうと思ってて」

「どうかしましたか？　どこか具合でも？」

「違うんだよ。実は先生にこの子を紹介したくてね。私の命の恩人の菜乃花ちゃん。かわいいでしょ？」

「か、加納さん、ちょっと！」

加納に背中を押され颯真の前へと押しやられて、菜乃花は気恥ずかしさに視線を落とした。

「菜乃花ちゃん、こちらは宮瀬先生。ね？　イケメンでしょ？」

「そ、そうですね」

「ふたりとも私の命の恩人だもんな。お似合いだよ、うん」

顔を上げることも出来ずに、菜乃花はうつむいたまま固まる。

その時「加納さーん、リハビリの時間ですよー」と、理学療法士らしきスタッフが入って来た。

「じゃ、ちょっと行って来るよ、菜乃花ちゃん」

「はい、お気をつけて」

「ではあとは、若いおふたりでごゆっくり」

は!?と菜乃花がうわずった声を出すと、あはは！と笑いながら加納はゆっくりと病室を出て行った。

「お見舞いに来てくれたんだね」

ふたりきりになった病室で、颯真が菜乃花に声をかける。

「あ、はい。加納さん、お元気そうで安心しました」

「ああ。この調子なら、月末には退院出来ると思う」

「本当ですか？　よかった……」

心底ホッとして微笑む菜乃花に、颯真がまた口を開こうとした時だった。

ふいに院内アナウンスが聞こえてきた。

「コードブルー、コードブルー、五階婦人科病棟へお願いします」

颯真はサッと顔つきを変えると菜乃花に向き直る。

「ごめん、じゃあここで」

「はい。失礼します」

小さく頷いてから、颯真は足早に病室を出て行った。

（いつもお仕事のことを考えてるみたいだし、きっと腕のいいドクターなんだろうな）

菜乃花はそう思いながらしばらくその場に佇み、荷物をまとめてから病室をあとにした。

《菜乃花ー、元気か？》

一月も終わりに近づいた頃、菜乃花はまた春樹からの電話を受けた。
「はい、元気です。先輩も有希さんもお元気ですか？」
《あー、元気は元気なんだけどさ。菜乃花、もし時間あったらまたうちに遊びに来てくれないか？　有希の話し相手になってほしいんだ》
「え？　有希さんの？」
菜乃花はどういう意味なのだろうと思いながら、仕事が休みの日ならいつでも、と返事をする。
《そうか！　こっちはいつでも大丈夫だから。来てくれると助かるよ》
「分かりました、伺います」
《じゃあ、有希に菜乃花の連絡先を教えてもいいか？　直接やり取りした方が早いから》
「はい、大丈夫です。お願いします」
《分かった。ありがとな、菜乃花》
「いいえ」
そそくさと電話を切った春樹に、菜乃花は小さく首を傾げる。
（どうしたのかしら。何かあったのかな？）

しばらくして有希からメッセージが届き、菜乃花は四日後のオフの日に、再び新居にお邪魔することになった。


「菜乃花ちゃん！　いらっしゃい」

「こんにちは、有希さん。お邪魔します」

「どうぞ入って。菜乃花ちゃんが来てくれるのをとっても楽しみにしてたの！」

以前にも増して明るい有希に、菜乃花も思わず笑顔になる。

「有希さん、よかったらこれどうぞ。『ロージーローズ』のプチタルトＢＯＸです」

「うわー、ありがとう！」

有希は早速箱の中を覗き込む。

「かわいい！　なんて繊細なの。雪の結晶に、これは雪だるまね」

冬をモチーフにした十二種類のタルトの詰め合わせに、有希は目を輝かせる。

菜乃花とそれぞれ三つずつ選ぶと、紅茶と一緒に味わった。

「んー、美味しいわね」

「ええ。なんだか優雅な気分になります」

「ふふ、本当に。外に出られなくても、おうちでこんなふうに素敵なティータイムが出来るのね。春樹に頼んで、また買って来てもらおうっと」

　有希の言葉に菜乃花は、ん？と首をひねる。

「有希さん、外に出られないんですか？」

　すると有希は、少しうつむいてはにかんだ笑みを浮かべた。

「実はね、私、今妊娠七週目なの」

「えっ、そうなんですね！　おめでとうございます」

「ありがとう。でも体調があまりよくなくて、仕事も休んでるの」

え……、と菜乃花は言葉を詰まらせる。

「あ、そんなに心配しないで。ドクターにも、心配し過ぎずのんびり過ごすように言われてるから。でも私これまでずっと働いてきたから、毎日家にひとりでいると息が詰まっちゃって。それが逆にストレスなの」

　それで春樹が有希の話し相手になってほしいと頼んできたのか、と菜乃花は腑に落ちた。

「今日菜乃花ちゃんが来てくれたら急に元気になっちゃった。ふふ、なんだか単純ね、私」

「有希さん。私でよかったらいつでもお相手します」

そんなに喜んでくれるなんて、と菜乃花も嬉しくなった。

「ねえ菜乃花ちゃん。颯真先生とは、あれから会った？」

他愛もない話をしながら、ふと有希が思い出したように菜乃花に尋ねる。

「えっと、倒れたおじいさんのお見舞いに行った時に、病室でお会いしました」

「そうなのね。どんな感じだった？　病院での颯真先生って」

「そうですね。やはりキリッと真剣にお仕事されてました。少しお話をしたところで院内の救急コールがあったんですけど、途端に表情を変えて急いで向かって行きました」

すると有希は、もったいぶったように話し出す。

「そうなんだ。そんなにかっこいいなら、やっぱり周りも放っておかないわよね」

「周り、ですか？」

「そう。あのね、ナースの世界って広いようで案外狭いの。私の友人も何人かあの病院で働いてるから噂を聞くんだけど、颯真先生を狙ってる女の子は多いらしいわよ。ナースはもちろん、事務の女の子もね」

「そうなんですか。病室で少しお話しただけだったので、気づきませんでした」

「なんでも颯真先生が通り過ぎると、女子がみんな目で追うとか。私の友達は『さざ波の颯真』って呼んでた」

「さ、さざ波？」と菜乃花は苦笑いする。

「だからね、うっかり『私のうちに颯真先生が来た』って話したら、もう大変な騒ぎだったのよ。どうしてその時呼んでくれなかったのよー、とか、颯真先生が使ったグラスをちょうだい、とか」

「ひゃー、アイドルみたいですね」

「ほんとよねー。でも春樹は彼のことが心配みたい。仕事一筋で、あのままだとプライベートがなくなるって。颯真先生、この間もワインを頑なに飲まなかったでしょう？」

「ええ」

クリスマスイブにワインを持って来た颯真が、呼び出しを気にして飲まなかったことを菜乃花は思い出す。

「おまけに救急科専門医を選ぶなんて……」

「やっぱり厳しい世界なんですね？　救急って」

「うん。私もＥＲに実習に行ったけどまさに戦場よ、あそこは」

そうだろうな、と菜乃花は神妙な面持ちになる。

毎日、救急車で運ばれてくる急患を受け入れるのだ。

並大抵の精神力と体力ではやっていけないだろう。

「颯真先生、どちらかと言うと繊細なタイプに見えるから、私もちょっと気がかりなの。必要以上に抱え込んだり、気持ちの切り替えが上手くいかなかったりしないかなって」

有希の言葉に菜乃花はじっと考え込む。

知らず知らずのうちに、忘れようとしていた昔の感情が蘇ってきた。

「菜乃花ちゃん？　どうかした？」

有希に顔を覗き込まれて、菜乃花はハッと我に返る。

「あ、いえ！　何でもないです」

「そう？　あ、ほら。まだタルトあるわよ」

「これは有希さんと先輩で召し上がってください」

「いいの？　ありがとう！　あー、早く体調落ち着いて、菜乃花ちゃんとカフェでお茶したいなあ」

「本当ですね。じゃあ私、有希さんの好きそうなカフェを探しておきますね」

「ふふ、ありがとう、菜乃花ちゃん。楽しみにしてるね！」

「はい！」

ふたりは微笑んで顔を見合わせた。

菜乃花は、いつの間にか有希を大切な人だと感じている自分に気づく。

と同時に春樹に憧れていた淡い恋心が、ふわっと遠くに去って行った気がした。

「こんにちは」

「加納さん！」

二月のある日。

加納は、杖をつきながらもしっかりと自分の足で歩いて図書館に現れた。

「うわー、とってもお元気そう」

「本当に。よかったですね、加納さん」

谷川や館長も、嬉しそうに加納に声をかける。

「先月退院して、こうしてまたいつもの生活に戻れました。皆さんのお蔭です。本当にありがとうございました」

つき添う妻と一緒に、加納は深々と頭を下げる。

「いえいえ、そんな。加納さんが元気になられて、私たちも嬉しいです」

「そうですよ。またいつでもいらしてくださいね」

「はい、ありがとうございます」

菜乃花は加納夫妻を、カウンターの横の大きなテーブルに案内した。

「ここに座ってくださいね。加納さんの読みたがっていた本、何冊か置いておきます。他にもあれば持って来ますね」

「ありがとう、菜乃花ちゃん」

「いいえ、ごゆっくり」

カウンターに戻った菜乃花が作業をしながら時折目を向けると、加納夫妻は肩を寄せ合って仲良く本を選んでいる。

(ふふ、よかったなあ)

菜乃花は、しみじみと心の中で呟いた。


季節は少しずつ春へと向かい、厳しい寒さもだんだん和らいでいく。

時折電話で話す有希から順調に赤ちゃんが成長していると聞いて、菜乃花は自分のことのように嬉しくなった。

穏やかな毎日を過ごしていたある日、いつものようにカウンター業務をしていた菜乃花は意外な人物に声をかけられた。

「こんにちは」

照れたように控えめに声をかけてきた颯真に、菜乃花は驚く。

「宮瀬さん！」

「四階に本を借りに来たんだけど、思い出して寄ってみたんだ」

「そうなんですね。あ、そう言えば加納さん。以前と同じように、週に一度はここに来られるようになりましたよ」

「そうか、よかった。外来でもいつも元気そうだよ。すっかり元の生活に戻れたみたいだな」

「はい。本当にありがとうございました」

「こちらこそ。それにしてもなんだか夢いっぱいの空間だな、ここは」

そう言って颯真はぐるりと辺りを見渡す。

クマやパンダ、コアラにカンガルーなど、色々な動物を画用紙で作って飾ってある。絵本の紹介や子育て情報、他にも子どもたちの目を引くような飾りで溢れていた。

カーペットエリアでは母親が子どもを膝の上に座らせ、優しく絵本を読んでいる。

「へえ、あんなに小さな子どもでもちゃんと本を読むんだ」

「ええ。もちろん最初は興味がなくて本をポイッと投げちゃう子もいますけど、根気よく色んな本を読んでいるうちに少しずつ耳を傾けてくれます。一度本が好きになれば、乱暴に扱うこともなくなりますよ」

「そうなんだ。この間救急で運ばれて来たお子さんを小児科に引き継いでもらったら、入院が長引いて退屈してるんだ。ずっとゲームをやっていて、仕方ないのかって思ってたけど」

「まあ、ゲームはみんな好きですよね。その気持ちも分かります。でも一日のうちのほんの少しでも、絵本に触れてくれたら嬉しいな」

そこまで言って、菜乃花はふと気になった。

「宮瀬さんの病院は、図書コーナーあるんですか？」

「ああ。大人向けの図書室と、小児科病棟に絵本のコーナーがある。でも絵本は古いし少ないし、みんなひと通り目を通したら寄りつかなくなるのが現状だな」

「そうなんですね……」

うーん、と少し考えてから菜乃花は顔を上げた。

「宮瀬さん。もしよかったら、図書ボランティアをさせていただけませんか？」

「え？　図書ボランティア？」

「はい。私の仕事が休みの日に伺って、一度絵本のコーナーを見せていただきたいのですが」

「それはもちろん、大歓迎だ。以前はうちにもボランティアの人が来てくれてたんだが、やっぱり長く続けてもらうのは難しくて。でも本当にいいのか？」

「はい。取り敢えず一度、本棚のお手入れだけでもさせてください」

「分かった。小児科病棟にも伝えておくよ。ありがとう」

詳しいことはまた後日ということで、菜乃花は颯真と連絡先を交換して別れた。


「こんにちは。これからおはなし会を始めます。みんなプレイルームに来てくださいね」

小児科病棟のマイクを借りて菜乃花が呼びかけると、次々とプレイルームに子どもたちが集まって来た。

「おはなし会ってなーに？」

「おねえさん、だれ？」

「何しにきたの？」

子どもたちは菜乃花の周りに集まって質問攻めにする。

今日は図書ボランティアの初日。

まずは絵本コーナーの整理と一冊読み聞かせをすることにして、菜乃花は颯真と約束した時間にみなと医療センターにやって来た。

「ではみんな、靴を脱いでプレイマットに上がってくださいね。はじめまして、私の名前は菜乃花です。今日はみんなに絵本を紹介しに来ました」

正座した菜乃花が自己紹介すると、子どもたちも菜乃花の近くに座る。

「みんな、この絵本知ってる？」

菜乃花は十五センチほどの正方形の絵本を見せた。

「知らない。何これ？」

「何の絵だと思う？」

菜乃花が尋ねると一斉に声が上がる。

「えー？　鬼！」

「目玉の怪物！」

「変なおじさん！」

子どもたちの反応に、思わず菜乃花は笑い出す。

「確かに。みんな面白いね！　鬼にも怪物にも変なおじさんにも見えるけど、これは『だるまさん』です」

「だるまー？」

声を揃えて子どもたちが聞く。

「そう、だるまさんです。顔も面白いけどやることも面白いの。見ててね」

そう言って菜乃花は、歌いながらページをめくる。

「だーるまさん。だーるまさん。だーるまさんが、アッカンベー」

「ぎゃはは！　何この顔！」

「変なのー！」

大きな目をギョロッとさせながらベーッと舌を出した赤いだるまの絵に、子どもたちは指を差して笑う。

「次はどんな顔かな？　だーるまさん。だーるまさん。だーるまさんが……知らんぷり」

「えぇー？」

「あはは！」

予想外の展開と腕を組んでツーンと澄ました顔のだるまに、子どもたちはまた笑い出した。

「まだあるよ。だーるまさん。だーるまさん……」

すると子どもたちも菜乃花の声に合わせて、だーるまさん、だーるまさん、と歌い始める。

「だーるまさんが、おしりでボーン！」

「きゃははは！」

お尻を突き出してもうひとりのだるまをボーンと弾き飛ばす絵に、女の子がお腹を抱えて笑う。

次のページをめくる頃には子どもたちも、だーるまさん！　だーるまさん！と明るく歌っていた。

「あー、面白かった！」

「あの顔、変だったね！」

絵本を読み終えると、子どもたちは顔を見合わせて話し出す。

「みんな楽しかった？」

「うん！」

「じゃあまたおはなし会やるから、楽しみにしててね」

「はーい！」

子どもたちは楽しそうに、だーるまさん！と歌いながら病室に戻って行った。

「お疲れ様」

「宮瀬さん！」

菜乃花が絵本を片付けていると、白衣姿の颯真が近づいて来た。

「子どもたち、楽しそうだったね」

「え、やだ！　見てたんですか？」

子どもたちの前では大げさに面白おかしくやってみせるのだが、冷静に大人に見られていたのかと思うと菜乃花は急に恥ずかしくなった。

「今日集まったのは、病状は落ち着いているが入院が長期化している子たちなんだ。身体は回復しているけどまだ運動は出来ない。狭い病室で退屈していたから、いい気分転換になって楽しそうだった。小児科の看護師長も喜んでたよ。また来てほしいって」

「そうなんですね。じゃあ、またお邪魔します」

「ありがとう。でも無理はしないで」

「はい。あと、このコーナーに何冊か絵本を持って来て置いておきますね」

「助かるよ、ありがとう」

「いいえ」

その時「先生、ちょっといいですか？」とナースが颯真を呼びに来た。

「今行きます。それじゃあ、また」

「はい。失礼します」

ナースステーションの前を通り過ぎる颯真を、カウンターの中から数人のナースが次々と目で追っている。

(さざ波の颯真、だっけ？)

菜乃花は有希の言葉を思い出して苦笑いする。

そして古い絵本を補強し綺麗に並べて見やすくしてから、菜乃花は病院をあとにした。


「あなたでしたか。やっと会えた」

何度目かの図書ボランティアの日、菜乃花が寄付で集まった絵本を並べていると後ろから声をかけられた。

白衣を着た優しそうな男性が微笑んで立っている。

「子どもたちが面白い絵本のことを話してくれたんです。それにこのコーナー、見違えるほどかわいらしくなってる。ずっとお礼を言いたくて。ありがとうございます」

菜乃花は立ち上がると、向き合って自己紹介した。

「はじめまして。中央図書館で司書をしている鈴原と申します」

「はじめまして。小児科医の三浦です。司書さんだったんですね。ますますありがたいな。宮瀬先生のお知り合いだと聞きました」

「はい、そうです」

小児科のドクターだからだろうか、三浦は優しく親しみやすい雰囲気で、爽やかな笑顔につられて菜乃花も思わず微笑む。

その時、病室から男の子がやって来た。

「あ、なのか！　今日おはなし会？」

「うん、そうだよ」

するとと三浦が男の子の前にかがんで言う。

「まさるくん、女の人を呼び捨てにしていいのは恋人だけだよ」

「えー、じゃあ先生は、なのかって呼んでるの？」

「呼んでないよ。今会ったばかりだし」

「じゃあ先生がなのかって呼んだら、恋人になったってことだよな？」

「ならないよ。やれやれ……」

三浦は苦笑いして立ち上がる。

「三浦先生は人気者なんですね」

菜乃花は思わず笑って言う。

「どうだろう? 軽く見られてる気もするけど」

「そんなことないと思いますよ」

ふたりの会話に、男の子が菜乃花の手を引っ張りながら割って入る。

「ねえ、今日は何のお話?」

「今日はね、紙芝居なんだ」

「えっ! 紙芝居? オレ、みんなを呼んでくる」

おーい、走っちゃダメだぞーという三浦の声を背に、男の子は病室に戻って行った。

「申し訳ない、失礼な態度で」

「ちっともそんなことないですよ。みんな素直でかわいいです」

「そう言ってもらえると助かります。あの子たち一見明るく元気そうだけど、やっぱり病気や怪我で色々我慢してるから、俺もつい甘くなってしまって」

「そうですよね。ほんの少しの間でも、絵本を読んで楽しい気持ちになってくれたらいいなと思います」

「ありがとう。今日は俺も少し時間があって。一緒に見させてもらってもいいかな?」

「えっ！」

　途端に菜乃花は真顔になる。

「そ、それはちょっと……」

「ん？　どうして？」

「いえ、あの。冷静に大人の方に見られると恥ずかしくて……」

「じゃあ、隠れてこっそり見ます」

「それも困ります！　あ、それなら先生も参加していただけませんか？」

「え？　俺も？」

　今度は三浦が真顔に戻った。

「はい。今日の紙芝居、王子様とお姫様のお話なんです。先生、王子様のセリフを読んでいただけませんか？　子どもたちもきっと喜びます」

「ええ？　そんな。出来るかな……」

「もちろん！」

　その時、男の子が十人ほどの子どもたちと一緒に戻って来た。

「なのかおねえさん、こんにちはー！」

「こんにちは。みんな揃ったかな？」

「うん。今日は紙芝居なの？」

「そうよ。じゃあ早速始めましょう」

菜乃花がプレイマットの上に正座すると、子どもたちも慣れたように近くに集まって座る。

菜乃花に手招きされて三浦も菜乃花の隣に座った。

「あれ？　しんじ先生もやるの？」

子どもたちに聞かれて三浦は戸惑った表情を浮かべる。

「え、いや、あの」

「そうなの。みんなも先生を応援してあげてね」

菜乃花がそう言うと、子どもたちは歓声を上げた。

「うわー、先生できるの？」

「がんばって！　しんじ先生」

「あ、ああ。うん。がんばるよ」

クスッと笑って、菜乃花は早速大きな紙芝居を膝に載せた。

「ではみんな、始まるよ。むかーしむかし。ある国に、きれいなお姫様が住んでいました」

子どもたちは静かに絵を見ながら菜乃花の話に聞き入る。

「ある日隣の国の王子様がやって来て、お城の前を通りかかりました。すると美しい歌声が聴こえてきます」

そこまで読むと、菜乃花は隣の三浦に目配せする。

ん?という顔をしてから、三浦は菜乃花が指を差しているセリフに目を落とす。

「えっと……。『おお、なんと美しい歌声なのだろう。いったい誰が歌っているのだ?』」

三浦のたどたどしい読み方に、子どもたちは、あはは!と笑う。

「しんじ先生、王子様なんだから。かっこよくね」

「あ、うん。えー、『美しい姫君。あなたなのですか?』」

菜乃花は、ふふっと笑ってから紙芝居を続けた。

「お城の窓から顔を出していたお姫様は、恥ずかしくて隠れてしまいました」

「え、あ、俺?　えっと『待ってください、姫君!　せめてお名前だけでも!』」

だんだん慣れてきたのか、三浦のセリフに感情がこもってくる。

だが子どもたちはおかしそうに笑った。

「しんじ先生、フラれちゃったの?」

「あーあ、もったいない」

「そんなこと言われても……」

子どもたちの言葉に、三浦はタジタジになっているようだった。

「王子様は、なんとかしてもう一度お姫様に会おうとしました。けれどどんなに声をかけても、お姫様は現れてくれません」

菜乃花が先を読み進めると、子どもたちはさらに三浦に詰め寄る。

「先生、そんなんじゃダメだよ」

「そうよ。もっと強引にいかなきゃ」

「ええー？　俺のせいなの？」

どちらが子どもか分からない。

大人びた子どもたちに、三浦はますます眉根を寄せる。

「そこで王子様は思いつきました。『そうだ！　この竪琴(たてごと)を持って行こう！』そしてお城の下に来ると、綺麗な音色で竪琴を弾き始めました。するとどうでしょう。王子様の弾く音に合わせて、美しい歌声が響いてきました」

「えっと、『姫君、やはりあなただったのですね？』」

「窓から顔を出したお姫様は、王子様に頷きました。『あなたの弾く竪琴は、なんて綺麗な音色なのでしょう。もっと聴かせてくださいな』」

『あなたの為なら、いくらでも』

「王子様はまた竪琴を弾き始め、お姫様も歌い出します。美しい音は国のあちこちまで響き渡り、人々の心を明るくしました。鳥も、花も、森も。みんなが幸せに包み込まれ、国は平和になりました」

『姫君、どうか私と結婚してくれませんか？　私はいつまでも、あなたと一緒に暮らしたいのです』

『はい。私もあなたの音色をいつまでも聴いていたいです』

「こうしてふたりは結婚しました。ふたつの国はひとつになり、いつまでも平和に暮らしました。綺麗なふたりの音色と共に……。おしまい」

わあ！と子どもたちが拍手する。

「やったね！　しんじ先生」

「プロポーズ、大成功だね！」

「あ、ああ、うん。フラれなくてよかったよ。あはは……」

照れたように笑う三浦に、菜乃花も微笑む。

「先生、ありがとうございました」

「いやー、オペより緊張したよ」

「え、そんなに？」

「うん。慣れないことはするもんじゃないな」

「ふふ。そうおっしゃらずに、またお願いします」

子どもたちも「そうだよー。先生、またやってね！」と口々に言う。

「うーん、そうだな。みんながんばってるし、先生もがんばるか！」

「うん」

「やったー！」

子どもたちは菜乃花と三浦の周りを取り囲んで喜ぶ。

「ほら、はしゃぎ過ぎないようにな。そろそろみんなベッドに戻ろう」

「はーい！」

＊＊＊

ナースステーションの前を通ってわいわいと病室に戻る子どもたちを、颯真は看護師長と一緒に見守っていた。

「子どもたち、今日も楽しそうでしたね。今までは自分のベッドでゲームに夢中だったのに、おはなし会がきっかけで子どもたち同士みんなが仲良くなったんですよ」

師長は嬉しそうに颯真に話す。

「そうなんですか？」

「ええ。宮瀬先生、よい方を紹介してくれたわ。あら？　今日は声をかけなくていいんですか？」

帰り支度を始める菜乃花に一向に近づかない颯真を、師長が訝しがる。

「ええ。特に用事もないので」

そう言うと、颯真は師長に会釈してナースステーションをあとにした。

本当は今日、ボランティアのお礼として菜乃花を食事にでも誘おうと思っていた。

師長から菜乃花が何度も来てくれているのは聞いていたが、なかなか時間が合わず、おはなし会を見に来られたのは今日で二度目。

子どもたちの楽しそうな様子を微笑ましく見ていたのだが、途中からどうにも違う方に気を取られてしまった。

(彼女、三浦先生とあんなに仲よさそうに……)

真剣に紙芝居を読む三浦を見守る菜乃花は屈託のない笑顔を浮かべ、穏やかで優しい雰囲気だった。

颯真より三つ年上の三浦は誰もが認める腕のよい小児科医で、子どもたちや保護者からの信頼も厚い。

一八〇センチを超える長身に加えて、ハーフのようにも見える薄茶色の髪と瞳。爽やかな笑顔で職員の女の子たちをも虜にしているが、未だ独り身だった。

(彼女も三浦先生みたいな人が好きなのか？　恋人にはあんなふうに微笑むのだろうか)

そう思った時、颯真はふいに以前から気になっていたことを思い出す。

ふとした時に見せる、菜乃花の哀しげな表情。

(いや、あの表情こそ彼女が恋しい人を想っている時の顔……。あれはきっと、そう。春樹を想っていたに違いない)

そう気づいた途端、颯真は急に心に影が射し込んだ気がした。

(だからなんだ？　彼女が春樹を想っていたとしても、三浦先生とこうして仲よく打ち解けていても、俺には関係がない)

颯真は考えを断ち切るように己に言い聞かせた。

第七章 挫折と葛藤

ある日の二十二時。

みなと医療センター内、ＥＲのホットラインが鳴る。

急患の受け入れ要請だった。

「あと五分で着くそうだ。行くぞ」

「はい」

颯真たち夜勤のドクターやナースの皆で、救急車の到着を待つ。

運ばれて来るのは、車にはねられた四十代くらいの男性と高校生らしき女の子。

救急救命士の話では、ふたりとも心肺停止状態で外傷や出血も酷いとのことだった。

気を引き締めて待っていた颯真は、やがて到着した救急車から降ろされる患者を見て目を見開く。

女の子は想像以上に外傷があり出血多量、内臓もかなり損傷しているのがうかがえた。

男性は心肺停止とはいえ、外傷はそれほど酷くはない。

トリアージの観点から、優先すべきは男性の方だとスタッフは判断した。

「宮瀬、そっちのストレッチャーで Straddling CPR 頼む」

「はい」

指導医の塚本に返事をした颯真は左手をついてストレッチャーに飛び乗ると、救急隊員に「代わります」と告げ、男性にまたがって胸骨圧迫を始める。

ストレッチャーはそのまま院内に運び込まれた。

すぐにふたりの処置が始まる。

「人定（じんてい）は取れてるの？」

身元確認について問う塚本に「まだです」とナースが答える。

（身元はまだ不明か。親子じゃないのか？）

颯真は処置をしながら、ふたりの顔を見比べる。

年齢からすると父親と娘では？と思ったが、まだ断定は出来ない。

とにかく皆で懸命に処置に当たった。

「よし！　戻ったぞ。バイタルも安定」

何度目かの電気ショックで、男性の心臓が動き出した。

出血箇所も特定出来て、縫合も完了。

あとは他のドクターに任せて、颯真は女の子の処置に加わった。

だが、もはやどこからどう手をつければいいのか分からないほど容体は悪い。

と、ひとりのナースが駆け寄って来た。

「女の子の父親と連絡が取れました。長距離ドライバーで、今岡山(おかやま)にいるとのことです。父子家庭で家族は父親だけです」

「なに？」

塚本が思わず声を上げた。

（この男性と親子じゃなかったのか。今、岡山。ここに到着するのはいつになるのか）

颯真がそう思っていると、救急救命士が新たな情報を伝えた。

「目撃者の証言取れました。道端でこの男性がしつこく女の子に言い寄って抱きついていたそうです。嫌がって逃げ出した女の子が、そのまま車道にはみ出してしまったと……」

「なんだって？」

塚本が、信じられないとばかりに声を荒らげる。

「くそっ！　せめて父親が到着するまでは……」

その言葉に、その場にいる皆は悟った。

この女の子は、もう……。

大量に輸血し、心臓にショックを与え、マッサージを続ける。

だが女の子は全く反応しない。

やがてドクターたちは、静かに手を下ろす。

塚本が腕時計に目をやった時だった。

颯真が皆をかき分けるように近づくと、女の子の胸骨を圧迫し始める。

「宮瀬、もう……」

塚本が声をかけるが、颯真は必死で力を加え続けた。

「宮瀬、もう止めろ。宮瀬！」

グイッと女の子から引き離された颯真は、荒い息を繰り返しながら両手の拳を握りしめた。

怒り、悲しみ、悔しさ、虚しさ。

言葉には出来ないほどの感情の渦が押し寄せ、颯真は胸が張り裂けそうになる。

塚本がゆっくりと腕時計に目を落とし、静かに時刻を告げた。

「二十三時五十五分」

その場にいる全員が、深々と頭を垂れた。

「みなさん、こんにちは！」

「こんにちはー！」

「これからおはなし会を始めます。今日のお話は、これ。『まあくんとママのおまじない』です。どんなお話なのかな？　それでは、はじまりはじまり……」

菜乃花の明るく優しい声。

子どもたちのキラキラと輝く瞳。

颯真は少し離れたベンチに座ってその様子を眺めていた。

「……おともだちとケンカをしてしまったまあくん。おうちに帰ってからも、かなしくてしょんぼり。『あした、ごめんなさいって言えるかな』つぶやくまあくんにママが言います。『じゃあ、とっておきのおまじない。まあくん。こっちにおいで』まあくんが近づくと、ママはまあくんをぎゅっと抱きしめました。まあくんの背中を優しくトントンしながら、ほっぺとほっぺを合わせておまじないをささやきます。『だいじょうぶ。きっときっと、だいじょうぶ』まあくんの心はほんわか、お顔はにっこり大変身。『ほらね。おまじない、きいたでしょう？』『うん！　あした、ちゃんとごめんなさいって言えるよ』『そう。仲直りできるといいね』そしてふたりでもう一度、おまじないをつぶやきます。『だいじょうぶ。きっときっと、だいじょうぶ』……おしまい」

菜乃花が本を閉じると、わあ……と子どもたちに笑顔が広がった。

「どう？　素敵なお話だったね。みんなもママにおまじない、やってもらおうか」

「うん！」

子どもたちは母親を振り返り、ぎゅっと抱きつく。

母親は優しく我が子をトントンしながら、頬をくっつけてささやいた。

「だいじょうぶ。きっときっと、だいじょうぶ」

皆の間に笑顔が溢れる。

幸せで温かい光景。

(きっとあの女の子にも、こんな時代があったんだ。そして数年後には、こうして我が子と幸せそうに笑っているはずだったんだ)

颯真は唇を噛みしめると、込み上げる涙をグッとこらえていた。

＊＊＊

「なのかおねえさん、さようなら」

「さようなら。気をつけて帰ってね」

最後の親子を見送ると、菜乃花はチラリと奥のベンチに目をやった。

膝に両肘をついて座り、組んだ手に顔を伏せてじっとうつむいている颯真に、菜乃花は小さくため息をついてから立ち上がる。

カウンターに行くと館長と谷川に声をかけた。

「館長、谷川さん、すみません。もし業務が大丈夫なら私、今日は半休を取らせていただいてもよろしいでしょうか？」

「ん？　どこか具合でも悪いの？」

「いえ、そういうわけではないのですが」

すると館長も谷川も笑顔で頷いた。

「それならよかった。業務は心配ないから、半休取って大丈夫だよ」

「そうよ。菜乃花ちゃん、休みの日もボランティアしてるんでしょ？　たまにはゆっくり自分の時間を楽しんでね」

「ありがとうございます。それではお言葉に甘えて、お先に失礼いたします」

「はーい、気をつけてね」

菜乃花は荷物をまとめると、颯真のもとへと向かった。

おはなし会の間、思い詰めた表情で話を聞いていた颯真に気づいていた。

今もじっとうつむいたままの颯真からは、ただならぬ悲壮感が伝わってくる。

「宮瀬さん」

菜乃花は控えめに声をかけた。

ピクリと肩を震わせた颯真は親指と人差し指でぎゅっと目頭を押さえてから、ゆっくりと顔を上げる。

菜乃花が「こんにちは」と微笑みかけると少し照れたように笑った。

「こんにちは。ごめん、不審者に見えたかな？」

「いいえ。誰よりもおまじないが必要な人に見えました」

え？と颯真は首を傾げる。

「宮瀬さん、外に出ませんか？」

そう言って菜乃花は歩き始める。

一瞬呆気に取られてから、颯真も鞄を手に立ち上がった。

＊＊＊

「綺麗だな」

「ええ。ちょうど今、満開ですね」

ふたりが図書館に隣接する公園に向かうと、小高い丘の上には見頃を迎えた菜の花畑が広がっていた。

「半分どうぞ」

近くのベンチに座ると、菜乃花は颯真に手作りのお弁当を差し出す。

手鞠おにぎりが四つと、ほうれん草のお浸しや卵焼きなどが詰めてあった。

「え、君のお昼ご飯でしょ？　もらえないよ」

「宮瀬さん。最後に食事したのはいつですか？」

「食事？　えっと……、いつだろう」

夕べは夜勤に備えて早めに夕食を取ろうと思っていたのだが、ＩＣＵの人手が足りずに勤務前に手伝うことになった。

そのまま夜勤に入り、あの女の子たちが運ばれて来て……。

颯真は夜勤が明けてからも、食事をする気も仮眠を取る気にもなれなかった。

マンションに帰るにも気が重く、まるで気持ちのやり場を探すようにふらふらと図書館にやって来たのだった。

「宮瀬さん。医学的に考えたら、私と宮瀬さんのどちらが今これを食べるべきだと思いますか？」

「それは……」

「身体が元気にならなければ心も元気になれませんよ。少しだけでも食べてください。私の手作りが不味そうで食べられないなら、何か買ってきますけど」

「まさか！　そんな」

「それなら、どうぞ」

颯真はおずおずと手を伸ばし、小さな丸い手鞠おにぎりを手にする。

「いただきます」

「はい。召し上がれ」

ゆっくりとラップをめくると、颯真は桜でんぶと錦糸卵で飾られたおにぎりを口に運ぶ。

「……美味しい」

「よかったです」

菜乃花はステンレスボトルから温かいお茶をコップに注ぐと、颯真に手渡した。

颯真は噛みしめるようにおにぎりを味わい、お茶を飲んでホッとひと息つく。

そんな颯真を見て少し微笑むと、菜乃花もおにぎりを食べ始めた。

「卵焼きも、半分どうぞ」

「ありがとう」

ふたりでひとつのお弁当を分け合う。

食べ終わると、ごちそうさまでしたと颯真は菜乃花に頭を下げた。

「なんてのどかなんだろう」

菜の花畑を見ながら、颯真はぽつりと呟く。

「まるで別の世界に来た気がする。こんなに穏やかな時間が流れてるなんて」

颯真の言葉に、菜乃花はお茶を飲む手を止めて視線を落とす。

少し迷うような素振りのあと、菜乃花が尋ねた。

「おはなし会、いつから聞いていたんですか？」

「ん？　ああ。ちょうど始まるところから」

「そうでしたか」

「とてもよい雰囲気だった。お母さんや子どもたち、みんなの笑顔が溢れて幸せが広がっていた。見ているだけで心が癒やされたよ」

そう言って菜乃花に微笑んだ次の瞬間、颯真はクッと顔を歪めた。

みるみるうちに涙で目が潤んでいく。

「ごめん……」

颯真はうつむいて必死に涙をこらえた。

仕事に関することでこれほどまでに落ち込み、そんな姿を誰かに見せたこともない。

だが今、込み上げてくる気持ちを颯真はどうすることも出来なかった。

まだそこまで親しい間柄とは言えない菜乃花を前に、どうしてこんなふうに弱さを見せてしまうのか、彼女の何が自分をこうさせるのか。

それすらも、今の颯真には分からない。

肩を震わせながら拳を握りしめて身体を固くする颯真に、菜乃花はそっと両手を伸ばした。

ふわりと風に包まれるような感覚を覚えた颯真は、思わず顔を上げる。

菜乃花が優しく颯真の身体を抱きしめていた。

「だいじょうぶ。きっときっと、だいじょうぶ」

耳元でささやく菜乃花の声に、颯真の心がじわりと温かくなる。

（どういう現象なんだろう？　どうすればこんなにも心が安らぎ、身体が温かくなり、気持ちが救われる？　投薬されたわけでも医療行為でもないのに。どうして彼女はこんなにも自分を救ってくれるのだろう。医師である自分は、あれほど医療行為を尽くしてもあの女の子を救えなかったというのに……）

颯真は菜乃花の肩を借りて顔を伏せ、しばらくその温もりに癒やされていた。


やがて、ぽつりぽつりと颯真は菜乃花に話し出す。

「夕べ、急患が運ばれてきたんだ。四十代の男性と女子高校生」

あのあとドクターとナースが集まり、デブリーフィングという振り返りが行われた。

女の子は、おそらく即死の状態だったこと。

男性はCTなど詳しい検査の結果、足と腕の骨折以外は問題なく、順調に回復するだろうということ。

女の子は男性と面識はなく、塾の帰り道にたまたま通りかかった男性に言い寄られて抱きつかれ、嫌がって逃げ出そうとして車道にはみ出してしまったこと。

聞けば聞くほど、颯真の感情はかき乱された。

すぐに病院に駆けつけた妻に、助かってよかったと手を握りしめられる男性。

そして……。

明け方にようやく病院に到着した女の子の父親は、変わり果てた娘をかき抱いてむせび泣いた。

あの時の父親の慟哭（どうこく）は恐らく一生自分の心に焼きついたままだろう、と颯真は思った。

「俺は、女の子を死に追いやった男の命を助けたんだ。何も悪くない女の子を。幼い頃に母親を失くして、父子家庭で育った女の子を。大切な妻を失くし、長距離ドライバーとして必死に娘を育てていた父親から、またしても大切な命を奪ったんだ。俺は医師なのに、何も……。輝かしい未来ある命を救えなかった。俺が救ったのは憎い男の命。どうしてだ？　これが医師のすべきことなのか？　命は真に平等なのか？　犯人の命も被害者の命も、等しく平等だと言えるのか？　俺は一体、何をしたんだ……」

肩を震わせ、まるで心の悲鳴のように声を振り絞って話す颯真を、菜乃花は黙って抱きしめ続けていた。

＊＊＊

颯真のマンションに着くと、菜乃花はとにかく颯真を寝室へと促した。

あの状態の颯真をひとりには出来ず、菜乃花は半ば強引に颯真のマンションまでついて来た。

明日も日勤だという颯真をまずはゆっくり休ませなくてはと菜乃花は思い、その間に食事を作ることにした。

ちょうどマンションの向かいに小さなスーパーマーケットがあり、野菜や果物を中心に多めに買って戻ると、キッチンを借りて料理を始める。

煮物やお浸し、和え物、豚汁などを作るとラップをして冷蔵庫に入れ、次に野菜とお肉たっぷりのシチューを煮込んだ。

サラダや果物も用意していつでも食べられる状態にすると、今度はお風呂を掃除してお湯を沸かす。

数時間経った頃、寝室から颯真が現れた。

「よく眠れましたか？」

「ああ。横になった瞬間、寝落ちしたって感じ」

「ふふ、よかったです。夕食とお風呂も用意しておきました。あとで食べてくださいね。それと、冷蔵庫に常備菜と豚汁も入れてありますから」

「え、そんなに？　何から何まで本当にありがとう」

「いえ。それでは、私はこれで」

「じゃあ車で送るよ」

颯真がジャケットを羽織ろうとすると、菜乃花は首を振った。

「いえ、ひとりで帰ります。宮瀬さんにゆっくり休んでほしいから来たのに、送らせてしまったら元も子もありませんから」

「でも……。じゃあ、せめて少し休憩していって。今コーヒーを淹れるから」

その申し出にはありがたく頷いて、菜乃花はソファに座った。

＊＊＊

「どうぞ。ミルクと砂糖は？」

「ミルクだけで。ありがとうございます」

ふたりでソファに並んで座り、ゆっくりとコーヒーを味わう。

すると菜乃花が、壁に備え付けてある高さのある本棚に目をやった。

ズラリと並ぶ医学書を、身を乗り出して眺めている。

「どうかしたか？」

菜乃花の様子に颯真が尋ねた。

「いえ、あの。心理学の本があるなって思って」

「ああ、そうか。君は心理学専攻だったんだよね。卒論のテーマは？　何を書いたの？」

「主に児童心理学についてです。育った環境や後天的な要素で子どもの性格や成長にどんな影響があるか、例えば、同じ家庭で育ったきょうだいの性格の違いとか。ひいては、性善説と性悪説についても」

「へえ、興味深いな。読ませてもらえない？」

「えっ？　いやいや、ダメです。絶対ダメ！」

菜乃花は声をうわずらせて必死に首を振る。

「どうして？　じゃあ俺の卒論も見せるから」

「いえいえ結構です！　ドクターの卒論なんて一ミリも理解出来ませんから！」

「そんなことはない。それに君の論文なら、絶対いいものに決まってる。読んでみたい」

「いいものになんて決まってません！」

「いいや、決まってる。春樹も言ってたじゃないか。君なら絶対いい心理士になれたって」

すると急に菜乃花はうつむいて小声になった。

「でも、私はなれなかったんです。心理士に」

え？と颯真は菜乃花の横顔を見つめる。

「春樹先輩の言う通り、私は大学院に進んで心理士になるつもりでした。でも、逃げ出したんです。ずっと目指していたその道から、尻尾を巻いて逃げたんです」

じっと手元に目を落としたまま話す菜乃花に、颯真は言葉を失う。

（逃げ出した？　どうしてそんな言い方を？）

沈黙を破って、菜乃花が思い切ったように話し出した。

「大学三年生の時、ゼミで色々な施設に研修に行かせていただきました。精神科病棟や刑務所なども。分かっていたつもりでしたが、現場は想像以上でした。叫び声や手足を拘束された人たちの異様な雰囲気、今でも頭から離れません。案内してくれた職員の方は、まず何よりも自分たちのメンタルを日々大切にしていますとお話してくれました。そんな研修の合間に、犯罪心理学の講義があったんです。いつものように教授の話に合わせてテキストのページをめくろうとした時、ふと一ページ目に書かれていた言葉が目に入ったんです。今までめくったことのなかった最初のページに書かれた言葉。それはドイツの哲学者、ニーチェの言葉でした」

（ニーチェの言葉、犯罪心理学……）

　そこまで考えて颯真は思いついた。

「ひょっとして、善悪の彼岸？」

　コクリと菜乃花が頷く。

　ユングやフロイト、アドラーといった心理学の権威にも影響を与えたと言われるニーチェが『善悪の彼岸』という著書に残した言葉。

　それは……。

『汝が深淵を覗き込む時、深淵もまた汝を等しく覗き返しているのだ』

　怪物と闘う者は、その過程で自らが怪物と化さぬよう心せよ。おまえが長く深淵を覗くならば、深淵もまた等しくおまえを見返しているのだ、という意味合いで、犯人と対峙する際の警告とも言える言葉だった。

「その言葉を読んだ途端、凍りつきました。時間がぴたりと止まったように、何も考えられなくなって。目に焼き付いた恐怖が蘇ってきて、どうしようもなく怖くなりました。そして私は、心理学の道から逃げ出したんです」

　そう言うと、菜乃花はぎゅっと両手を握りしめる。

　その手がかすかに震えているのに気づき、颯真はそっと自分の手を重ねた。

「君は逃げ出したんじゃない」

え……？と菜乃花が小さく呟いて顔を上げる。

「君は心理士として人を癒やし、救いたかったんだろう？　でも今心理士ではなくても、君は人を癒やして救っている。たくさんの子どもたちや母親を笑顔にし、幸せにしている。そして俺にも……。君は俺を癒やして救ってくれた」

颯真は想いを伝えるように、じっと菜乃花を見つめて言葉を続けた。

「大切なのは心理士になることじゃない。人を思いやり、痛みに寄り添い、心を尽くすこと。君が今していることこそが、一番大切なことなんだ。資格とか職業なんか関係ない。君は君自身で立派に志を果たしているんだ」

菜乃花の目から、大粒の涙がこぼれ落ちた。

何年も抱えていた暗い気持ちが溶け出したかのように、身体を震わせながらぽろぽろと涙を流す菜乃花を、颯真は思わず手を伸ばして抱き寄せる。

しゃくり上げて静かに泣き続ける菜乃花を、颯真は優しく抱きしめていた。

第八章　突然の告白

「鈴原さん、こんにちは」

「三浦先生！　こんにちは」

図書ボランティアで訪れたみなと医療センターの小児科病棟。

いつものように本の手入れをしていると、三浦が現れた。

時間が合う時はおはなし会に参加する三浦と、菜乃花はすっかり打ち解けていた。

子どもたちも、三浦が参加する日は王子様とお姫様の話をリクエストして、「先生、がんばれ！」と応援しながら楽しんでいた。

「いつもありがとう、鈴原さん」

「いいえ、こちらこそ」

「あのね、実はこれを預かっていたんだ。りょうかちゃんから、なのかおねえさんへって」

「りょうかちゃんから、ですか？」

菜乃花は首を傾げながら、三浦が差し出したピンクの封筒を受け取る。

かわいらしい文字で『なのかおねえさんへ』と書かれ、ハートや星のマークもたくさんちりばめられていた。

菜乃花は封筒から取り出した手紙を読む。

『なのかおねえさんへ
いままでたくさん本をよんでくれて　ありがとう
ずっとびょういんにいて　まいにちげんきがでなかったけど
なのかおねえさんがきてくれる日は　すごくうれしかったよ
いろんなおはなしをおしえてくれて　ありがとう
こんどは　としょかんにあいにいくね
たのしみにまっててね
りょうかより』

読み終わった菜乃花は、思わず三浦の顔を見る。

「あの、これって、りょうかちゃんは……」

「ああ。無事に先週、退院したんだ」

「そうなんですね！　よかった……」

菜乃花は手紙を胸に当てて微笑む。

りょうかは大人しく控えめな女の子で、おはなし会でもいつも一番後ろに座っていた。

自分から話しかけることはなかったが、菜乃花が「楽しかった？」と声をかけると、「うん」とはにかんだように頷く、笑顔がかわいい子だった。

「りょうかちゃん、元気になっておうちに帰れたんですね。よかったなあ。それにこんなに嬉しいお手紙を書いてくれたなんて。私、宝物にします」

菜乃花が満面の笑みを向けると、三浦は驚いたような表情をしてからうつむいた。

「先生？　どうかしましたか？」

「いや、ちょっと感動してしまって」

ん？と菜乃花は首をひねる。

「だって君は医師でも看護師でもない。それなのにこんなにもりょうかちゃんの退院を喜んでくれるなんて。それにりょうかちゃんも君のおかげで元気になったんだ。おはなし会を本当に楽しみにして、だんだん笑顔も増えてね。主治医として心からお礼を言うよ。本当にありがとう」

「いえ、そんな。私なんかが少しでもお役に立てたのなら、こんなに嬉しいことはありません。私の方こそいつも子どもたちに幸せな気持ちにしてもらっています。ありがとうございます」

「まったく。君はどこまで純真なんだろう」

三浦はしばらくじっと足元に視線を落としていたかと思うと、急に意を決したように顔を上げて菜乃花を見つめた。

「鈴原さん。俺と結婚を前提に、おつき合いしてもらえませんか？」

「……は？」

菜乃花は、ぱちぱちと瞬きをくり返す。

「えっと、いきなりどういうことでしょう？」

「俺は恋人については想像出来ないんだ。誰かにつき合ってほしいと言われても断ってしまう。でも子どもたちに優しく接する君を見て、自分の子どもが欲しくなってしまった。君と一緒に大切に子どもを育てていきたい、そんな未来を望んでしまった。どうか俺と真剣におつき合いをしてもらえないだろうか？」

真っ直ぐ見つめてくる三浦に、菜乃花は慌てて首を振る。

「いえ、あの。三浦先生は素晴らしいお医者様だと思いますが、いきなりおつき合いは考えられません」

「そうか、そうだよね。急にこんなこと言われても困るよね。でも俺は君への気持ちを諦めたくないんだ。少しずつでいいから、考えてみてくれないかな？　ゆっくり時間をかけてくれて構わない。また改めて返事を聞かせてほしい」

三浦にそう言われて、菜乃花は戸惑いを隠せない。

「あの、時間を置いてもお返事は変わらないと思いますが……」

「それでも構わない。とにかく考えてみて。じゃあ、またね」

そう言って去って行く三浦を、菜乃花は困惑しながら見送った。

「菜乃花ちゃーん！」

「有希さん！　お久しぶりです」

「本当にね。やっと会えたわ」

四月のある日。

ようやく体調が安定した有希と一緒に、菜乃花はカフェに来ていた。

「赤ちゃんの様子はいかがですか？」

「うん、順調だって。仕事も復帰していいって言われたんだけど、春樹がダメって言うの」

「心配なんですよ、先輩」

「まあね。でも私は毎日退屈で……。菜乃花ちゃんに会えるのをとっても楽しみにしてたの。今日はいっぱいおしゃべりにつき合ってくれる?」

「はい、もちろん」

「ありがとう!」

美味しいランチを食べながらしばらく赤ちゃんの話を聞いていた菜乃花は、逆に有希に質問される。

「菜乃花ちゃんは? 最近どう?」

「特に変わりないですよ」

「春樹が、颯真先生の病院に菜乃花ちゃんがボランティアに行ってるらしいって言ってたけど」

「あ、ええ。そうなんです。仕事が休みの日に、子どもたちに絵本の読み聞かせをしたり、本を貸し出したりしています」

「へえ。ってことは菜乃花ちゃん、颯真先生といい感じにおつき合いしてるってこと?」

「おつき合い? それはないんですけど。あ、そう言えば有希さんにちょっと相談したいことがあって」

「ん？　なあに？」

　にっこり笑う有希に、菜乃花はうつむきながら切り出した。

「実は、結婚を前提に真剣におつき合いしたいと言われまして。断ったんですが、少し時間を置いて考えてほしいって」

　え？と有希は驚いて手を止める。

「ちょ、ちょっと菜乃花ちゃん。詳しく教えてくれる？　結婚を前提におつき合いしてほしいって言われたの？　誰に？」

「ボランティア先の小児科の、三浦先生って方です」

「ヒーー！　ライバル出現じゃないの！　どんなふうに言われたの？　いつ？」

「ゆ、有希さん。落ち着いて。お腹の赤ちゃんに障ります」

「落ち着いていられないわ。お願い、菜乃花ちゃん。詳しく教えて！」

「分かりました。分かりましたから、とにかく一旦落ち着きましょう」

「そ、そうね」

　有希はグラスの水を飲んでから、ふうと大きく息をつく。

　菜乃花は三浦とのいきさつを有希に話した。

「はあー、そういうことなのね。その先生、そう簡単に菜乃花ちゃんのことを諦めるつもりはないんだ。小児科のドクターだもん、きっと子ども好きなんでしょうね。誰かに告白されてもつき合うのが想像出来ずに断っていたけど、菜乃花ちゃんを見ていたら将来の我が子を夢見るようになった、ってわけね。なるほど、それはかなり本気ね」

うんうんと有希は腕を組んで頷く。

「それで、どうするの？　菜乃花ちゃん」

「えっと、とにかく時間を置いて改めてお断りします。だけど納得してもらえるかどうか……」

「そうよね。そこで引き下がるなら、最初から引き下がってるでしょうね。菜乃花ちゃん、いつ頃お返事するつもりなの？」

「うーん、特に締め切りは言われてなかったと思うんですよね」

「締め切りってそんな、あはは！　いや、笑ってる場合じゃないわ。菜乃花ちゃん。ちょっと、とにかくもうちょっとお返事は待って。ね？　ね？」

「はあ……」

有希に前のめりに念を押され、菜乃花は取り敢えず頷いた。

＊＊＊

「あーもう、どうしよう。春樹、早く帰って来ないかな」

菜乃花と別れて自宅に戻ると、有希はうろうろと落ち着きなくリビングを歩き回る。

「菜乃花ちゃんが他の先生に告白されるなんて。颯真先生はどうなるの？　颯真先生には菜乃花ちゃんしかいないと思うのに。でも菜乃花ちゃんにとったら、その別の先生とつき合うのもアリなのかも？　なんだか妙な真面目具合はふたりとも似てる気がするし。いや、でも！　やっぱり私は菜乃花ちゃんにも颯真先生しかいないと思う。春樹だってそう思ってるはず。あー、いつ帰って来るのよ春樹ったら」

有希はまるで熊のように行ったり来たりしたあと、ハッと思い立ってスマートフォンを手に取る。

みなと医療センターに勤める友人に【お仕事終わったら電話していい？　どうしても聞きたいことがあって】と手短にメッセージを送った。

その時、玄関から「ただいまー」と春樹の声がした。

「あ、帰って来た！　春樹！」

有希がぱたぱたと出迎えに行くと、春樹が目を見開く。

「有希！　そんなに急ぐな！　転んでお腹でも打ったらどうする？」

「ごめんなさい。でもとにかく早く話したくて……」

「何を？」

「あのね、菜乃花ちゃんが結婚を前提につき合ってほしいって告白されたらしいの！」

「ええー？　そっか、ついに颯真が。ほらな、俺の言った通りだろ？　心配しなくてもあいつは決める時には決めるって……」

「それが違うのよ！」

有希がそう言った時、手にしていたスマートフォンが鳴った。

「あ、美奈だ。春樹、ちょっとごめん。もしもし、美奈？　あのね、美奈のとこの小児科に三浦先生ってドクターいる？」

有希は会話しながら奥のリビングへと消える。

残された春樹が、そうか、ついに颯真が……と感慨にふけっていると、春樹のスマートフォンにも着信があった。

「おっ、噂をすれば。もしもし、颯真？　お前やったなー！　ついに菜乃花に告白したんだって？　それも結婚を前提に！」

そう言いながらリビングに入る。

すると有希が、ギョッとしたように振り返った。

スマートフォンから耳を離し、春樹をまじまじと見る。

「春樹、誰と話してるの？」

「ん？　颯真だよ。タイムリーだろ？　よかったなー、颯真」

「春樹！」

「ん？」

有希の反応と、電話の向こうで絶句している颯真に、春樹はただ首をひねるばかりだった。

＊＊＊

「すまん！　本当に悪かった」

みなと医療センターの食堂で、春樹と有希は颯真に謝る。

とにかく事情を説明したいと、多忙な颯真に合わせてふたりは颯真の昼休みに会いに来ていた。

「本当にごめんなさい、颯真先生」

「いや、いいんだ。俺が謝られることなんて何もない」

そう言いつつ、颯真は動揺を隠し切れない。

マンションで会った切りの菜乃花が最近元気にやっているかどうか気になり、ふと思い立って春樹に聞いてみようと電話をかけた。

そして思わぬ形で、菜乃花が三浦に告白されたと知らされたのだった。

「あの、颯真先生？　やっぱり……ショック？」

恐る恐る聞いてくる有希に、「いや、全然」と思わず首を振る。

「だって、ほら、彼女が告白されたからって俺は別に」

すると春樹が頷いた。

「そうだよな。菜乃花がどうなっても、颯真には関係ない……」

「春樹！」

有希が思わず春樹を咎める。

「本当にそれでいいの？　颯真先生」

「……ごめん。そろそろ戻らないと」

これ以上一緒にいては動揺がバレてしまいそうで、颯真はそそくさと立ち上がった。

「え、もう行くの？」

「ああ。ちょっと様子が気になる患者さんがいて。ふたりはゆっくりしていって」

そう言うと、颯真は食器を手に席を立った。

＊＊＊

去って行く颯真の後ろ姿が妙にしょんぼりとして見え、有希は小声で春樹に話しかける。

「ね、やっぱり颯真先生、なんだかヨロヨロしてるわよね？」

「ああ、そうだな。仕事に支障ないといいんだけど」

「まあ、そこはプロだから大丈夫だと思うけど。仕事終わった途端、またヨロヨロし始めそう」

「そうだな。悪いことしたなあ」

そして有希と春樹は、改めて菜乃花と颯真との関係について考えを巡らせた。

「ふたりとも、今はまだ自覚はないのかもしれない。でも私は菜乃花ちゃんも颯真先生も、お互い密かに惹かれ合ってる気がするのよね」

「どうして分かるんだ？」

「んー、女の直感」

はあ?と春樹は呆れ気味に言う。

「何だよ、それ。当てにならないな」

「むっ! これでも結構当たるんだからね」

「おいおい。仮にもナースなんだから、もっと事実とか根拠に基づいた話をしてくれよ」

「恋の病は理屈じゃないの!」

「やれやれ。じゃあ、つける薬もないってことか」

「だけど私はどうしてもふたりには結ばれてほしいの。菜乃花ちゃんはとってもいい子だし、颯真先生の悩みに寄り添えるのも彼女だけだと思うのよ。颯真先生の見た目のかっこよさとか肩書に寄って来る子じゃなくてね」

有希の言葉に、春樹も腕を組んで考える。

「確かに颯真の仕事にどっぷり浸かり過ぎるところは、傍から見てても危なっかしい。けど菜乃花だって似たようなところあるし、颯真を支えられるかって言ったらそれほど強くないと思うぞ?」

「だからよ。菜乃花ちゃんも繊細だからこそ、颯真先生の気持ちが理解出来るの。それに春樹が思ってるよりもずっと、菜乃花ちゃんは強い子だと思うわ。でなければナースでもないのに、倒れたおじいさんに冷静にＣＰＲなんて出来ないもの」

「なるほど。それもそうか」

春樹は頷いて考え込む。

が、食堂が混み合ってきたのに気づいて、ふたりは立ち上がった。

「ねえ、コンビニ寄ってもいい？」

「ああ。俺も飲み物買いたい」

帰る前に一階のコンビニに立ち寄ると、有希はスポーツドリンクに手を伸ばした。

すると、同じようにドリンクを取ろうとした近くの男性と手が触れ合う。

「あっ、失礼」

「いえ、こちらこそ」

どうぞと手で促す男性に会釈して、有希はドリンクを手に取った。

「ありがとうございました」

お礼を言って場所を譲ると、男性はにこりと笑いかけてきた。

（わー、優しいイケメン。白衣着てるからドクターかな。ん？）

左胸のＩＤカードに目をやった有希は、驚いて男性の横顔をまじまじと見つめる。

（小児科医三浦って、この人が菜乃花ちゃんに告白したドクター？）

男性はドリンクを選ぶと、もう一度有希に微笑んでからレジへと向かった。

「は、春樹！　ちょっと！」

「ん？　何だよ」

「あの人よ！　ほら、例の告白ドクター！」

「ええ!?　あの人が菜乃花に？」

ふたりして商品の棚の陰から、会計をしているドクターを覗き見る。

レジの前を離れて出口に向かったドクターは、入って来た親子に話しかけられ足を止めた。

どうやら患者の子どもとその母親らしい。

ドクターはかがんで視線を合わせると、その子の頭をくしゃっと撫でながら声をかけ、にっこり笑ってから立ち上がる。

去って行く後ろ姿を母親がうっとりと眺めていた。

「うわー、爽やか！　愛想がいいイケメンって、最強だな」

妙に感心した口調で春樹が言う。

「あの人が菜乃花ちゃんに告白を？　嘘でしょ。颯真先生に負けず劣らずのジェントルイケメンじゃない」

「有希、お前ちょいちょい変なあだ名つけるな」

「何のんきなこと言ってるの！　あの人が相手じゃ、颯真先生もおちおちしてられないわよ」

「そんなこと言ったって、俺たちにはどうしようもないだろ？　ほら、とにかく出よう。いい加減怪しまれる」

仕方なく、有希は春樹と会計を済ませて帰路についた。

＊＊＊

数日後。

颯真は小児科病棟でカルテを見せながら、三浦に患者の申し送りをしていた。

深夜に喘息の大発作で救急搬送された五歳の女の子が、容体が落ち着いた為、小児科病棟に移ることになったのだ。

「私からは以上です」

「了解しました。あとはこちらで引き受けます」

「よろしくお願いします」

颯真は三浦にお辞儀してから、背を向けて歩き出す。

「あ、宮瀬先生！」

呼び止められて颯真は振り返った。

「ごめん、ちょっといいかな？」

「はい、何でしょう」

「仕事の話じゃなくて恐縮なんだけど。宮瀬先生、図書ボランティアの鈴原さんとお知り合いなんだってね」

「はい。共通の友人がおりまして」

颯真は内心ぎくりとしながら頷く。

「そう。実は先日、鈴原さんに結婚を前提に真剣におつき合いしたいと告白したんだ。正式な返事はまだもらってないけど、君の耳には入れておこうと思って」

「あ、そうでしたか。お気遣いありがとうございます。ですが、私なんかに申し送りは不要です」

「申し送りって……。真面目そうに見えて案外面白いんだね、宮瀬先生って。よかったら今度食事でも一緒にどう？　なんて、俺が鈴原さんのことを教えてもらいたいからなんだけど」

「お誘いは嬉しいですが、私は彼女のことは何も知らなくて……」

「何もってことはないでしょう？」

「いえ、本当にほとんど何も。知り合ってから五ヵ月も経ってませんし」

「そうなの？　それなら俺にも分があるかな」

「もちろんです。三浦先生の告白を断る女の子なんて、いないと思います」

「ありがとう。でも、宮瀬先生の告白を断る女の子もいないと思うよ？」

「いえ。そう思われてるのにフラれたら、ダブルパンチです」

「ははは！　俺もだよ」

そう言って三浦はおかしそうに笑うと、ポンと颯真の肩に手を置く。

「彼女のこと抜きでも、今度一緒に飲みに行こうよ」

「はい、是非」

「ああ、楽しみにしてる。じゃあね」

「はい、失礼します」

三浦は爽やかな笑顔で頷くと、くるりと向きを変えて去って行った。

エレベーターの中で、颯真はひとり考える。

（三浦先生が彼女に告白……）


颯真はあの日マンションで、肩を震わせながら泣き続けた菜乃花のことを思い出す。

あの時菜乃花を抱きしめた感触が、今も颯真の手に残っていた。

（何年もずっと挫折を抱えていた彼女は、春樹に対しても先輩以上の感情を持っていただろう。だから春樹の結婚式であんなにも悲しげに見えたんだ。挫折と失恋をひとりで胸に抱えて、それなのに子どもたちには優しく笑って絵本を読んで。それに俺にも……。あんなにも温かく包み込んでくれた）

これまで誰にも心の内を見せてこなかった颯真は、なぜあの時あんなにも菜乃花の前で感情を抑えきれなかったのか、自分でも分からなかった。

（それは彼女も同じかもしれない。春樹にさえ打ち明けていなかった挫折。彼女はそれを、俺には打ち明けてくれた。きっと彼女も、俺には何かを感じて心を開いてくれたんだ。俺たちは互いに惹かれ合い、互いを必要としている）

そこまで考えた時、颯真はハッと現実に引き戻された。

（三浦先生が彼女に結婚を前提に告白、って。どうするんだ？　彼女が三浦先生と結婚したら……）

想像した途端に、嫌だと思った。

（黙って見過ごすわけにはいかない）

颯真は表情を引き締めると、決意を込めるようにきゅっと唇を引き結んでエレベーターを降りた。

第九章 事故と献身

「鈴原さん、こんにちは」

声をかけられて振り返った菜乃花は、驚いて立ち上がった。

「宮瀬さん！」

今日は図書ボランティアの日。

（三浦先生にお会いしたら、今日こそ改めて返事をって言われるかな？）

告白されて以降、何度か三浦がおはなし会を見に来ることはあったが、話を振られることはなかった。

このままうやむやにしてくれたらいいのに、と思いながら本棚の整理を始めた菜乃花に声をかけたのは、三浦ではなく颯真だった。

「いつもありがとう」

「いえ」

ふたりで短く挨拶を交わしたあと、颯真が切り出した。

「ごめん、今日はこのあとカンファレンスが入ってて、おはなし会は聞けないんだ」

「そうですか。お疲れ様です」

「それで、よかったら今度食事にでも行かないか？」

「え？　お食事、ですか？」

菜乃花は颯真の顔を見上げて聞き返す。

「ああ。ボランティアのお礼をしたいとずっと思ってたんだ。次の休みはいつ？」

「えっと、明後日です」

「明後日か。俺は早番で六時には上がれる。そのあと夕食でもどう？」

ふたりきりで食事と考えただけで、菜乃花は早くも緊張感に包まれる。

「もしかして、迷惑かな？」

「いえ、大丈夫です。あの、宮瀬さん。改めて先日はありがとうございました。私の悩みを聞いてくださって……」

マンションで抱きしめられたことを思い出し、菜乃花は頬を染めてうつむく。

あんなふうに長年抱いていた挫折を颯真に打ち明けて涙するとは、菜乃花自身も思ってもみなかったのだ。

こうして颯真を目の前にするとあの時のことが脳裏に蘇り、菜乃花は恥ずかしさに身を縮こめる。

「いや、俺だってあの日は君に救われた。ありがとう。そのお礼も込めてごちそうさせてほしい。いいかな？」

「あ、はい」

「じゃあ、明後日六時に仕事が終わったら連絡するよ。車で迎えに行くから」

「分かりました。よろしくお願いします」

「こちらこそ。それじゃあ」

足早に去って行く颯真を見送ると、菜乃花は既にドキドキと胸を高鳴らせていた。

二日後のオフの日。

菜乃花は朝からソワソワと落ち着きなく時計とにらめっこしていた。

いつもの家事を済ませて昼食を食べると、ふと思いつく。

(宮瀬さん、車で迎えに来てくれるって言ってたけどわざわざ来てもらうのも気が引けるし、私から行っちゃおう)

その方が時間のロスもなくなると、菜乃花は十八時に颯真の職場のみなと医療センターで待つことにした。

十六時になると支度を始めて、ワンルームマンションを出る。

駅へと向かいながら改めて自分の服装を見下ろした。

薄いクリームイエローのワンピースは袖がふわっと膨らんで柔らかく、ウエストから広がるスカートも生地をたっぷり使い、歩くたびに軽やかに揺れる。

菜乃花は思わずふふっと笑みをこぼした。

駅のロータリーの手前で信号待ちをしながら、腕時計を確認する。

(張り切って早く出て来ちゃったな。一時間も前に着いちゃうかも？　確かあの病院、カフェがあったよね。そこで本でも読みながら待っていよう)

そう思って顔を上げると、菜乃花の横で母親と信号待ちをしていた三歳くらいの男の子が「パパだ！」と声を上げる。

改札を出てこちらに向かって来る三十代くらいの男性が、男の子に気づいて笑顔で手を挙げた。

(パパのお迎えに来たのかな。パパ、嬉しそう)

つられて菜乃花も微笑んだ時だった。

男の子が母親と繋いでいた手を振り解き、父親の方へと駆け出す。

「あ、待って！」

信号はまだ赤だ。

母親が止めようと手を伸ばすが、小さな赤ちゃんを胸に抱いていて動きが遅れた。

男の子が横断歩道を駆け出した時、ブオン！とバイクの音がした。

男の子をよけようとしたバイクが、スリップしてそのまま突っ込んでくる。

「危ない！」

菜乃花の声はママの悲鳴にかき消される。

考えるより先に、菜乃花は弾かれたように男の子に飛びついた。

＊＊＊

ERのホットラインが鳴り、颯真たちスタッフは一斉に顔を上げる。

電話を受けているナースが復唱しながらホワイトボードに書き込む情報を、目で追った。

『バイクと衝突し、頭部強打。二十代女性、意識レベル一〇〇。バイタル正常値』

（どれくらいの衝撃を受けたんだろう。脳への影響が心配だな。CTの準備と……）

颯真は頭の中でこのあとの流れを考える。

「あと五分で到着だ。行くぞ！」

「はい！」

塚本の声にその場にいる全員で返事をし、足早に部屋を出た。

救急入口の前に、サイレンの音と共に救急車が滑り込んでくる。

すぐさま後ろのドアを開けた颯真は、頚椎を保護されてストレッチャーに横たわっているのが菜乃花だと分かり、驚きのあまり息を呑む。

(どうして、彼女が……。どういうことだ？)

頭の中が真っ白になり、その場に立ち尽くす。

菜乃花はぐったりと目を閉じ、手や足も傷を負って血が滲んでいた。

思わず菜乃花につき添っていた救急隊員を問い詰める。

「状況は？　どれくらいのスピードのバイクと？」

「詳細は分かりません。赤信号を無視して飛び出した男の子をかばって、バイクに衝突したようです」

「男の子を、かばって……」

心優しい菜乃花ならと想像がつく。

だが菜乃花のこんなにも痛ましい姿を見るのは耐え難かった。

(必ず助ける)

颯真はグッと唇を噛みしめた。

「急ぐぞ。だが、出来るだけ静かに運べ」

「はい！」

塚本の言葉に皆でストレッチャーを押し始める。

処置室に運び込むと、菜乃花の身体はさまざまな機械と繋げられた。

「聞こえますか？　採血しますよ」

ナースの呼びかけにも菜乃花は全く反応しない。

「バイタルは安定してる。ＣＴ行くぞ」

「はい」

ストレッチャーを押しながら、颯真は菜乃花の痛々しい姿に顔を歪めた。

（白くて綺麗な手足まで血が……。頼む、無事でいてくれ）

祈るように菜乃花を見つめ、込み上げそうになる涙を必死でこらえた。


「宮瀬、さん……？」

ぼんやりと目を開けた菜乃花の顔を、颯真が真剣な表情で覗き込む。

「気がついたか。気分はどう？　眩暈とか吐き気はない？」

「はい、大丈夫です。私、どうして……。ここは？」

「みなと医療センターのＥＲだ。覚えてない？　君は男の子をかばって……」

颯真がそう言うと、あ！と菜乃花が目を見開く。

「そうだ、あの男の子は？　どうなったんですか？」

「無事だそうだ。膝を擦りむいただけで済んだらしい。君が身を挺(てい)してかばってくれたおかげだって、お母さんが泣いて感謝していたと聞いた」

「そうだったんですね、よかった……」

菜乃花がホッとしたように呟くと、颯真はすぐ横の椅子に腰掛けた。

「ごめん。もしかして俺が約束したせいで、こっちに向かってくれようとしていた？」

「あ、はい。病院で待っていれば、宮瀬さんがわざわざ私のうちまで来なくて済むかなって」

「申し訳ない。俺が食事に誘ったばかりに……」

「そんな！　宮瀬さんのせいなんかじゃありません。それとも、そんなに悪いんですか？　私の容体」

「いや。ＣＴの結果も問題はなかった。ただ脳震盪(のうしんとう)でしばらく意識がなかったから、数日間は安静にして様子をみたい」

するとふたりのやり取りを後ろから見ていた塚本が声をかけた。

「宮瀬、そろそろ」

「あ、はい」

颯真は立ち上がると、もう一度菜乃花の顔を覗き込んだ。

「とにかく今はゆっくり休んで」

「はい、ありがとうございます」

菜乃花に小さく頷くと、颯真はよろしくお願いしますと塚本に頭を下げてから場所を代わる。

菜乃花は塚本から検査結果を聞き、ナースがかけた電話で母親と話したあと、とにかく今は安静にと塚本に言われて目を閉じる。

日頃の身体の疲れもあったのだろう、菜乃花はすぐに眠りに落ちた。

颯真は菜乃花が眠ったのを見て、再び菜乃花のそばに行く。

手足の傷が少しでも早く綺麗に治るようにと、丁寧に消毒してガーゼを交換した。

「宮瀬先生。あとは夜勤のスタッフが看ますから」

申し送りを終えてとっくに勤務時間が終わったにもかかわらず菜乃花につきっきりの颯真に、看護師長が声をかける。

それでも颯真は頑なに菜乃花のそばを離れなかった。

夜が更け、静かなERに菜乃花の心電図モニターの音だけが響く。

今夜は他に救急搬送はなく、広い部屋には菜乃花しかいない。

ナースもドクターも比較的リラックスしている中、颯真だけは悲痛な表情で菜乃花を見守っていた。

やがて菜乃花の呼吸が荒くなってきたのに気づく。

頬も心なしか赤くなっていた。

そっと額に触れてみると明らかに熱い。

「熱発です。体温計を」

「はい」

ナースに声をかけると、すぐに近づいて来て菜乃花の体温を測った。

「三十八度五分です」

颯真は点滴とクーリングの指示を出す。

(がんばれ。早くよくなりますように……)

医師なのに、思わず神様に祈る。

（どうかこれ以上悪化せず、後遺症も残りませんように。身体の傷も綺麗に治りますように）

颯真は心の中で祈りながら、ひと晩中菜乃花につき添っていた。

＊＊＊

（身体が熱い。しんどいな……）

眠りの中でぼんやりと考えていた菜乃花は、額を優しく撫でる大きな手にホッとして息をつく。

（誰だろう。優しくて温かくて、凄く安心する）

そう思っていると、小さく呟く声がした。

「がんばれ。必ず俺が治すから」

（治す？　私を治してくれるの？）

菜乃花がうっすらと目を開けると、心配そうに誰かが自分の顔を覗き込んでいるのが見えた。

視界がぼやけて誰なのかは分からない。

「せん、せい？」

荒い呼吸の中、問いかけてみる。

「大丈夫。何も心配しないで、ゆっくり眠って」

「はい……」

菜乃花は小さく答えてから、また眠りに落ちていった。

＊＊＊

「三浦先生？　おはようございます。どうされました？」

朝になり、ＥＲに顔を出した三浦に、看護師長が尋ねる。

「おはようございます。こちらに小児科の図書ボランティアの鈴原さんが運び込まれたとか。容体は？」

先程小児科に出勤すると、「鈴原さんが事故で運び込まれたようです」とナースに聞かされ、三浦は急いで様子を見に来ていた。

「ＣＴの結果は問題ありませんでした。夜中に熱発しましたが、今は落ち着いています。宮瀬先生がずっとつき添って看病していました」

「そうですか」

今も菜乃花のそばを離れない颯真を見ながら、三浦は複雑な心境になる。

(明らかに単なる担当医としての様子ではない。宮瀬先生、もしかしたら彼女のことを……)

そう思いながら、三浦は後ろから近づいて颯真に声をかけた。

「宮瀬先生」

振り向いた颯真が驚いたように目を見開く。

「三浦先生！」

颯真が立ち上がると三浦はベッドのそばまで歩み寄り、菜乃花の様子をうかがった。

よく眠っているが、頭に巻かれた包帯が痛々しい。

「彼女はどうしてこんなケガを負うことになった？」

「それは……。昨日の夜、私は彼女と夕食の約束をしていたんです。うちまで迎えに行くつもりだったのですが、気を利かせた彼女が電車でこちらに向かって来ようとして、偶然居合わせた男の子をかばってバイクに……」

するとと三浦はピクリとわずかに表情を変えて颯真を振り返った。

「宮瀬先生、俺言ったよね？ 結婚を前提に真剣におつき合いしたいと彼女に告白したって。その彼女を食事に誘った上に、結果としてこんなケガを負わせるなんて。俺ならこんな目に遭わせたりしない。彼女のそばでずっと守っていく」

そして三浦は颯真に一歩詰め寄った。

「忘れないでくれる？　俺が本気で彼女を好きなこと」

颯真はグッと拳を握りしめる。

三浦はもう一度心配そうに菜乃花に目をやってから、颯真に背を向けて去って行った。

第十章 思いがけないプレゼント

「おはようございます、鈴原さん。気分はどうですか？」

目を覚ました菜乃花に、主治医の塚本が声をかける。

「はい、随分よくなりました」

「そうですか。少し診察させてください」

塚本は菜乃花の心音を聞いたり、手足の傷の具合を確かめた。

「夜中に熱が出たので、もうひと晩ここで看させてください。問題なければ明日は一般病棟に移れますよ」

「はい、ありがとうございます」

塚本が離れて行くと、菜乃花は心の中で思い出す。

(眠っている間、誰かがずっとそばにいてくれた気がする。おでこを優しく撫でてくれてホッとしたなあ)

そのあとはナースの体調チェックを受け、ひと通り検査を済ませると菜乃花は職場に電話を入れることにした。

颯真から連絡をしておいたと言われたが、菜乃花も直接館長と話したかった。

ナースに相談するといいですよと言われて、ベッドに横になったまま電話をかける。

「もしもし、館長？　鈴原です」

《鈴原さん！　大丈夫なの？》

「はい。ご心配おかけしました」

《もうびっくりしたよ。谷川さんも凄く心配してた。お見舞いにも行っちゃダメなんだって？》

「あ、はい。でも明日には一般病棟に移る予定です。館長、お仕事お休みしてしまって申し訳ありません」

《そんなの気にすることないから！　こっちは平気だから、とにかくお大事にね》

「はい、ありがとうございます」

一般病棟に移ったらまた連絡します、と言って菜乃花は電話を切った。

昼過ぎからはウトウトとまどろんだり、スタッフが行き交うのをぼんやりと眺めて過ごす。

（そう言えば、宮瀬さんは今日はお休みなのかな？）

菜乃花は今日は一度も颯真の姿を見ていない。

（きっとお休みなのね）

そう思いながら時間をやり過ごし、夜になると照明が絞られた。

動いていないから眠くないなと思いつつ、菜乃花は仕方なく目をつむる。

ようやく眠りかけた時、急に周りが慌ただしくなって菜乃花は目を覚ました。

どうやら年配の女性が救急搬送されて来たらしい。

（うわ、さっきまでとは別世界）

時間の流れが一気に速くなったかのように大勢のスタッフが動き回り、テキパキと処置に当たっていた。

（今までどこにこんなにたくさんのスタッフがいたんだろう）

菜乃花がそう思っていると、背の高い颯真の姿が目に入った。

（宮瀬さん！　今日もいたんだ）

菜乃花は颯真の様子をじっと見守る。

颯真は真剣な表情で患者の心電図モニターを見つめたまま、傍らのナースに短く指示を出した。

はい、と返事をしたナースが点滴の準備をすると、颯真は患者の腕に手際よく針を刺し、薬剤の落ちる速度を調節する。

しばらく患者の様子を見守ってから颯真が電子カルテに入力すると、張り詰めていた空気がだんだん落ち着いた雰囲気になり、患者のベッドは菜乃花の横に移動してきた。

カーテンの向こうでドクターたちが小声でやり取りするのが聞こえ、やがて少しずつスタッフが部屋を出て行く。

最後にその場を離れた颯真がふと菜乃花のベッドを振り返り、菜乃花とバッチリ目が合った。

菜乃花が思わず布団の中に顔を埋めようとすると、颯真がふっと笑って近づいて来た。

「ごめん。騒がしくて起こしちゃったな」

「いえ。おばあさんは？　大丈夫でしたか？」

「ああ。もう落ち着いたよ」

「そう、よかった」

するとと颯真は、ちょっといい？と菜乃花の腕を取る。

「傷も少しずつよくなってる。痛みはない？」

「はい、大丈夫です」

「もしかして、どちらかと言うと敏感肌？」

「はい。洋服が擦れた所が赤くなったりします。家では毎晩保湿クリームを使ってて……」

「そうだろうな。ちょっと待ってて」

そう言って颯真は部屋を出て行き、しばらくすると何かを手にして戻って来た。

「薬のアレルギーはなかったよね？」

菜乃花の電子カルテを見ながら確認する。

「はい、ありません」

「じゃあ保湿ローションを塗っておく。腕、貸してくれる？」

え？と戸惑う菜乃花をよそに颯真は菜乃花の袖をまくり、手のひらにローションを出すと傷口を避けて優しく塗り込んでいった。

温かく大きな手のひらでマッサージされるような感覚に、菜乃花はホッとして癒やされる。

そしてふと夕べの感覚を思い出した。

優しく額を撫でられ、包み込まれるような安心感を覚えたことを。

（あれも、ひょっとして……？）

そう思った時、「はい、いいよ」と颯真が菜乃花の袖を戻して整えた。

「ありがとうございます」

「他に何か気になることはない？」

「はい。もうすっかり普段の体調に戻りました」

「それならよかった」

颯真は丸椅子に座って菜乃花のカルテに入力しながら、なにげなく言う。

「君、三月が誕生日なんだ。だから名前が菜乃花なのか」

ふふっと菜乃花は笑い出す。

「宮瀬さん、またダジャレ」

「あ！　ごめん」

「いいえ。ふふふ」

菜乃花は一度笑い出すとおかしくて止まらなくなった。

「宮瀬さんって、真面目にボケるから余計におかしいです」

「いや、ボケてるつもりは……」

「そうなんですね。ふふふ」

菜乃花の笑顔に颯真も頬を緩める。

「三月十日か。菜の花が綺麗な季節に生まれたんだな。遅くなったけど誕生日おめでとう」

「ありがとうございます。実は今年の誕生日、満開の菜の花を見たんです。宮瀬さんと一緒に」

えっ？と颯真が真顔に戻る。

しばらく宙を見ながら考え込み、あ！と声を上げた。

「もしかして、図書館の横の公園？」

「はい、そうです」

「あの日、君の誕生日だったんだ。ごめん、知らなくて」

それにその日は弱音を吐いた颯真を心配し、菜乃花はマンションまでつき添って料理も作っていた。

「ごめん。俺、君の大切な日を台無しにしてしまった」

いいえ、と菜乃花は微笑んで首を振る。

「とても嬉しい誕生日になりました。ずっとずっと苦しかった気持ちを、宮瀬さんが溶かしてくださったんです。あの日を境に、私は明るい気持ちで前に進めるようになりました」

心理士への道を諦めた経緯を打ち明けた時のことを、菜乃花は思い出す。

ずっと誰にも話せずに抱え込んでいた暗い気持ちを、なぜだか颯真には自然と打ち明けていた。

颯真の力強い言葉と抱きしめられた腕の温かさに、菜乃花はあの時気持ちを全てさらけ出すように泣き続けた。

「私は勝手に、宮瀬さんから誕生日プレゼントをもらった気がしていました。ありがとうございます」

「いや、まさかそんな。俺の方こそあの日はありがとう」

「宮瀬さんは？　お誕生日いつなんですか？」

「え？」

「私にも何かお返しをさせてください。プレゼントを用意しておきますね」

「いや、それが……」

苦い顔で言い淀む颯真に菜乃花は、ん？と首を傾げる。

「どうかしましたか？」

「ああ、うん。その、五月九日なんだ」

「え？」

菜乃花は目をぱちくりさせる。

「五月九日って、今日？」

「そう。あと一時間で終わるけど」

「えっ、どうして教えてくれなかったんですか？」

「いや、そんな。普通言わないだろ？　いい年の大人が今日誕生日なんだー、なんて。君だってあの日、教えてくれなかったし」

「そうですけど……」

菜乃花が視線を落とすと颯真は立ち上がる。

「さてと。あんまり話してると身体によくない。ゆっくり休んで」

「ありがとうございます。あ、宮瀬さん」

「ん？」

足を止めて振り返った颯真に、菜乃花は笑顔で言葉をかけた。

「お誕生日おめでとうございます」

颯真は一瞬驚いた表情を見せてから、優しい笑みを浮かべる。

「ありがとう。何よりのプレゼントだ」

菜乃花も微笑んで頷いた。

第十一章 同居生活

「鈴原さん。具合はどう？」

「三浦先生！　わざわざ来てくださったんですか？」

朝になり、診察を受けた菜乃花は無事に一般病棟に移った。

勤務の合間に、三浦は菜乃花の病室を訪れる。

「驚いたよ、君が救急車で運ばれたと知った時は」

「ご心配をおかけしました。明日か明後日には退院出来るそうです」

「そうなんだ。退院って、実家に帰るの？」

「いいえ、ひとり暮らしのマンションです。仕事もありますし、実家は遠方なので」

「え、もう仕事に復帰するつもり？　ひとり暮らししながら？」

何をそんなに驚くことがあるのだろうと言いたげに菜乃花は、はいと頷いた。

「その話、塚本先生にはしたの？」

「え？　いえ特には。でも退院してもいいってことは、普段の生活に戻っても大丈夫ってことですよね？」

それを聞いて、三浦はじっと何かを考え込む。

「先生？」

「あ、ごめん。とにかく今はまだゆっくり休んでね。また来るよ」

「はい」

菜乃花に優しく笑いかけてから、三浦は病室を出て行った。

菜乃花の病室をあとにした三浦は、その足でＥＲに向かった。

「宮瀬先生」

「はい」

呼ばれて振り返った颯真は、三浦の姿を見て驚く。

「仕事中にごめん。ちょっと話せるかな？」

「はい、大丈夫です」

人気のない廊下の端まで来ると、三浦は少しためらってから口を開いた。

「鈴原さんのことなんだけど。退院後の生活については説明してあるのかな？」

「まだです。退院がきちんと決まってから、塚本先生からお話があると思いますが……」

それはそうだと分かっているが、三浦はどうしても颯真に言っておきたいことがあった。

「彼女、退院したらひとり暮らしのマンションから仕事に通うと言っていた。俺としては、せめて最低でも一ヵ月は誰かがそばにいた方がいいと思う。セカンドインパクトシンドロームにも充分警戒しなければいけないし、ひとり暮らしでは何かあった時に危険だ」

「ええ。塚本先生もそういったお話はされると思います」

「それで彼女がすんなり話を聞き入れなかったらどうするんだ？　実家には帰らず、ひとり暮らしのマンションに戻ると言い張ったら？」

「その時は、私が彼女を引き受けます」

颯真の言葉に、三浦は驚いて目を見開いた。

「引き受けるって、一体どういう……？」

「しばらくは私のマンションで一緒に過ごします」

「ど、どうして君の？」

動揺を隠し切れない三浦に対し、颯真は冷静に続ける。

「あの日彼女は、私との約束があって事故に遭いました。その責任が私にはあるからです」

「だからって、そんな……。それなら俺が引き受ける。俺は彼女と真剣につき合いたいと思っているんだから」

「いいえ、私が責任を取って彼女を見守っていきます。これだけは譲れません」

きっぱりと言い切る颯真に、三浦は何も言い返すことが出来なかった。

＊＊＊

「菜乃花ちゃん！　もう本当に心配したんだから」

午後になって、有希が見舞いに現れた。

「有希さん、わざわざすみません。体調は大丈夫ですか？」

「それはこっちのセリフよ。もう大丈夫なの？　菜乃花ちゃん」

「はい、だいぶ落ち着きました」

「そう、それならよかった。これね、お見舞いのお菓子なの。食べてもいいなら食べてね」

「ありがとうございます。わあ、『ロージーローズ』だ。嬉しい！」

「ふふ、喜んでもらえて私も嬉しいわ。あと、これも」

「え？　何ですか？」

怪訝そうに菜乃花は紙袋を受け取る。

「颯真先生から聞いたの。菜乃花ちゃん、怪我をした時に着ていたお洋服が血で汚れてしまったって。だから、退院する時によかったらこれを着て。ワンピースなの」

「えっ、いいんですか？」

「もちろん！　菜乃花ちゃんに似合うと思うんだ」

「ありがとうございます！　とっても助かります」

菜乃花は母親に、病院までは遠いし大した怪我ではないから、見舞いに来なくていいと断っていた。

入院中はパジャマをレンタル出来るが、退院の時の服装のことはすっかり忘れていたから、有希の気遣いはありがたい。

「それにしても、本当にびっくりしたわ。颯真先生が春樹に電話してきたんだけど、もの凄く思い詰めてて春樹も言葉が出て来なかったって」

「そうだったんですね」

「うん。『菜乃花も心配だし、颯真も同じくらい心配だ』って春樹が言ってた」

「ご心配おかけしました。先輩にもよろしくお伝えください」

「分かったわ。颯真先生は？　ここには来るの？」

「いえ。基本的に一般病棟には来ないみたいです」

「そうなのね。少しでも会いたかったなあ」

そのあとは大きくなってきた有希のお腹を触らせてもらったり、赤ちゃんの話題で楽しくおしゃべりした。


無事に退院の日を迎え、菜乃花は病室で有希からもらったワンピースに着替える。

（わあ、かわいい。大丈夫かな、私に似合うかな？）

薄いピンクのワンピースは、オーガンジーのふわりとした袖と短めのスカート丈でキュートな雰囲気だ。

メイクをしてから荷物をまとめると、最後に塚本から話があった。

「それでは鈴原さん。この先も一ヵ月は激しい運動は避けてください。転んだりしないように気をつけて。それから眩暈や吐き気など、いつもと違う症状があればすぐに連絡してください」

「はい、分かりました」

返事をしてから、菜乃花は改めて塚本に頭を下げた。

「塚本先生、本当にありがとうございました。お世話になりました」

「とんでもない。男の子の命を救った君が大事に至らなくてよかった。この先もしばらくは気をつけて生活してね」

「はい。ありがとうございます」

「それじゃあ、また外来で」

そう言って塚本が病室を出て行くと、入れ違いに颯真が入って来た。

「退院の手続きは済ませたから、行こうか。荷物はこれだけ？」

「あ、はい。あの、宮瀬さん」

菜乃花は視線を落としながら颯真に声をかける。

「なに？」

「本当に、その、宮瀬さんのマンションにお邪魔して大丈夫でしょうか？」

昨日の夜、正式に退院の許可が下りた菜乃花に、話があると改めて颯真が切り出していた。

少なくともこの先一ヵ月は誰かがそばにいて生活する必要があること、実家に帰るのが難しいのであれば自分のマンションで引き受けると言われ、菜乃花は驚いた。

どちらかを選んでと言われ実家に帰ることは出来ないと答えると、それなら決まりだと、颯真は退院したその足で菜乃花を自分のマンションに連れて行くと言った。

「言っただろう？　君をひとりにするわけにはいかない。ひとり暮らしでは、何かあった時に誰も気づけないから」

「でも、宮瀬さんにご迷惑では？」

「俺のせいで君にこんな大ケガを負わせたんだから当然だ。本当に申し訳なかった。これからはそばで見守らせてほしい。何かあったらいつでも助けられるように」

真剣な目で真っ直ぐに告げられ、菜乃花は頷いた。

「はい。よろしくお願いします」

「ああ。じゃあ行こう」

そして菜乃花は、半休を取った颯真と一緒に病室をあとにした。

颯真の運転する車でまずは菜乃花のマンションに寄り、菜乃花は身の回りの物を大きなバッグに詰める。

それから颯真のマンションに向かった。

「どうぞ、入って」

「はい。お邪魔します」

リビングには五月の日差しがたっぷり射し込み、菜乃花が前回訪れた時よりも明るく暖かい。

「ソファに座ってて。今コーヒーを淹れるから」

「ありがとうございます」

コーヒーを飲みながら、颯真とこれからのことを話し合う。

仕事は出来るならこの先も一ヵ月は控えてほしいと言う颯真に、そんなに長く休むと館長たちに迷惑になるし危険な作業はしないからと、菜乃花は一週間後に仕事復帰することになった。

「じゃあ俺はこれから仕事に行ってくる。今夜は七時には帰るから、それまでゆっくり休んでて。冷蔵庫の中のものは適当に食べてくれて構わない。あ、何か帰りに買って来ようか？」

「いえ、大丈夫です。お仕事、お気をつけて行って来てください」

「ああ。行って来ます」

玄関で颯真を見送ると、菜乃花は、ふうと小さく息をつく。

（ほんとに宮瀬さんのマンションに来ちゃった）

誰かと交際したこともない自分が、まさか男性の部屋で一緒に生活することになるとは、と菜乃花は改めてこの状況に緊張してきた。

気持ちを落ち着かせながらソファに戻り、まずは職場に電話をかける。

館長に退院の報告と復帰の日を伝えると、お大事にねと労わりの言葉が返ってきた。

(そうだ、有希さんにも報告しよう。ワンピースのお礼も言いたいし)

菜乃花は早速、有希にも電話をかける。

「もしもし有希さん?」

《菜乃花ちゃん! 無事に退院出来た?》

「はい。有希さんにいただいたワンピース、とってもかわいいです。ありがとうございました」

《いいえ。それより何かお手伝いに行こうか? 食料品の買い出しとかあるでしょ?》

「いえ、それが……」

菜乃花は、しばらく颯真のマンションで生活することになったと説明する。

《ええっ! そ、それは同棲ってこと? 菜乃花ちゃん、颯真先生に告白されたの?》

「いえ。心配だからってつき添ってもらってる感じです。経過観察の為の居候、みたいなものですかね？」
《でも結局は同居ってことでしょ？　そうなんだ、急展開！　でもよかった、ふふふ。菜乃花ちゃん、何かあったら教えてね》
そう言うと、また連絡するね！と有希は何やら楽しげに電話を切った。

＊＊＊

「ただいま」

十九時に帰宅した颯真は、玄関を開けて声をかける。

「お帰りなさい」

菜乃花が笑顔で出迎えに来た。

「ただいま。ゆっくり休めた？」

「はい」

元気な菜乃花の様子に安心して、颯真はリビングに向かう。

ダイニングテーブルの上に所狭しと並んだ料理に、思わず目を見開いた。

「どうしたの？ これ」

振り返って菜乃花に尋ねる。

「時間がたくさんあったので、作りました」

「だって、材料は？ 冷蔵庫の中、ろくなものがなかっただろう？」

「このマンションの向かい側にスーパーがあるのを思い出したんです。前にもそこで買い物をしたので」

「ああ、そうか。でも体調は大丈夫だった？」

「はい。だって、スーパーは目の前ですよ？ 徒歩ゼロ分です」

確かに、と颯真は頷く。

「今、お味噌汁を温めますね。宮瀬さん、手を洗って来てください」

「分かった」

手洗いを済ませて戻った颯真は菜乃花と向かい合って座り、いただきますと手を合わせた。

肉じゃがや鮭の塩焼き、きんぴらごぼうなど、どれも優しい味付けで口にするとどこかホッとする。

「美味しいな」

ぽつりと呟く颯真に、菜乃花は微笑んだ。

「よかったです。宮瀬さん、いつもお食事はどうされてるんですか？」

「適当に済ませてる。院内の食堂か、コンビニのおにぎりとか」

「朝は？」

「コーヒーだけだな」

「お医者様なのに？　きちんと朝ご飯も食べないとダメですよ。朝食は和食派ですか？　それとも洋食派？」

「分からない。コーヒーオンリー派だから」

菜乃花は一瞬ぽかんとしたあと、笑いをこらえる。

「じゃあ、毎日交互に作りますね。和食と洋食」

「いや、そこまでしてくれなくていい。君にゆっくりしてほしいから、ここに来てもらったんだし」

「でも私が食べたいので。ひとり分作るのもふたり分作るのも、大して変わりませんから」

「そうか。でもくれぐれも無理はしないで」

「はい、分かりました」

食事を終えると颯真は食器を洗い、食後のコーヒーを淹れて菜乃花をソファに促した。

「どうぞ」

「ありがとうございます」

「風呂も先に入って。バスタブに浸かってもいいけど、長湯はしないように。立ちくらみ起こすと大変だから」

「分かりました。病院ではシャワーだけだったから、お湯に浸かれるのは嬉しいです」

菜乃花がバスルームへ行くと、颯真はベッドのシーツを交換しようと寝室に入った。ドアを開けたまま、菜乃花が倒れるような物音がしないかとバスルームを気にしつつ、シーツを交換する。

しばらくしてドライヤーで髪も乾かした菜乃花がリビングに戻って来ると、颯真は菜乃花を寝室へと案内した。

「君はこのベッドを使って。何かあったら夜中でもすぐに知らせてくれ。俺はリビングにいるから」

「ええっ？　宮瀬さん、リビングで寝るんですか？」

「ああ。俺はソファで寝る」

「そんな、お仕事で疲れてるのに」

「慣れてるから平気だ。あのソファ、案外寝心地がいいし」

「でしたら私がソファで……」

「ダメだ。君はまだ安静にしなければならない身体なんだ。医師として患者にそんなことはさせられない。ほら、ゆっくり休んで」

「はい、ありがとうございます。あの、宮瀬さん」

部屋を出て行こうとすると、菜乃花が呼び止めた。

「ん？　なに」

「色々、本当にありがとうございます。おやすみなさい」

小さく頭を下げる菜乃花に颯真は、ふっと笑みをもらす。

「おやすみ、いい夢を」

そう言うと照明を少し落としてから、寝室のドアを閉めた。


翌朝。

リビングのソファで寝ていた颯真は、カチャッという物音で目を覚ます。

寝返りを打ってぼんやりと目を開けると、キッチンに立っている菜乃花に気づいた。

「おはようございます。ごめんなさい、起こしてしまって」

控えめに声をかける菜乃花に、いや、と颯真は上半身を起こす。

「そろそろ起きる時間だったたから。それより、具合はどう？」

「大丈夫です。ぐっすり眠れましたし」

「そう、それならよかった」

「朝食、食べられますか？　今日は洋食にしてみました」

「へえ、楽しみだな。すぐ着替えてくる」

「はい」

菜乃花は笑顔で答えると、チーズオムレツとベーコン、フレンチトーストにサラダやフルーツを皿に盛りつけてテーブルに運んだ。

「いつもコーヒーだけならあまり食べられないですよね？　無理せず残してください」

菜乃花がそう言うが、颯真はぺろりと平らげる。

「美味しかった。ありがとう」

「いいえ。あ、宮瀬さん。少しですけどおにぎりも作ったんです。よかったら、お仕事の合間にでも食べてください」

ええ？と驚く颯真に、菜乃花はおにぎりの他にも卵焼きと唐揚げを詰めたお弁当を差し出した。

「大変なお仕事ですから、身体には気をつけてくださいね」

「ありがとう。って、いや、君もね」

「ふふ、はい。ありがとうございます」

菜乃花は笑顔で頷き、仕事に向かう颯真を玄関で見送る。

「それじゃあ、行って来ます」

「行ってらっしゃい。お気をつけて」

颯真はほんの少し頬を緩めて菜乃花に頷いてから、玄関を出た。

＊＊＊

菜乃花が退院してから五日目を迎えた。

この日は外来診療の日で、菜乃花は颯真の運転する車で一緒に病院に向かう。

主治医の塚本の診察にも颯真は立ち会った。

検査の結果も異常はなく経過も順調とのことで、菜乃花は引き続き今の生活で様子を見るようにと言われて診察を終える。

「じゃあ、俺はここで。帰りは送ってあげられなくてごめん。気をつけて帰って」

「はい、ありがとうございます」

診察室を出たところで、菜乃花は颯真と別れた。

会計を済ませて出口に向かっていた菜乃花は、ふいに後ろから「鈴原さん」と声をかけられて振り返る。

「三浦先生！」

白衣姿の三浦が、いつもと変わらない笑顔で立っていた。

「外来の予約、確か今日だったなと思って見に来たんだ。具合はどう？」

「はい、経過も順調で問題ないそうです」

「そう、よかった。あ、そうだ。入院中の子どもたちが、菜乃花お姉さんにってお手紙を書いたんだ。今、持って来るね。えっと、そこのカフェで待っててもらってもいいかな？」

「分かりました」

「うん。五分ほどで戻るから」

笑顔を残して三浦が立ち去ると、菜乃花は言われた通りカフェに入った。

ホットのキャラメルマキアートを手にカウンターの席に着く。

（はあ、美味しい。カフェなんて久しぶりだな。それに子どもたちがお手紙を書いてくれたなんて、嬉しい）

思わず笑みを浮かべていると、三浦が戻って来た。

「ちょっと待ってて。俺もコーヒー買って来るね」

菜乃花に声をかけてからコーヒーを買い、カウンターの隣に並んで腰掛ける。

「はい、これ。子どもたちからのカードや折り紙」

三浦が長方形の箱のふたを開けると、中には色とりどりのカードや便せん、ハートや鶴の折り紙が入っていた。

「わあ、かわいい！」

菜乃花は目を輝かせて箱の中を覗き込む。

早速一枚手に取ってみると、「なのかおねえさんへ」と書かれたカードには「はやくよくなってね」と、にっこり笑った女の子のイラストつきで書かれていた。

「子どもたちが私の為に書いてくれたなんて、本当に嬉しいです。みんなこそ、病気やケガで大変なのに」

菜乃花がしんみりと言うと、三浦はゆっくり口を開いた。

「それは相手が君だからだと思うよ。子どもたちは君からたくさんの優しさをもらったんだ。それをそのままお返ししてる。みんな菜乃花お姉さんが大好きなんだ」

「そんな。私の方こそ、いつも素直でかわいい子どもたちに元気をもらってるんです」

「そうか。いい関係だね」

三浦は菜乃花ににっこり笑いかけると、箱の中に目をやる。

「あ、このカード、まさるくんだな？ なのかへって呼び捨てで書いてある。いつも、菜乃花お姉さんって呼ぶように言ってるのに。もう、恋人じゃないんだから。ねえ？ 菜乃花ちゃん」

「あ、いえ、あの……」

ドギマギする菜乃花に、ん？と三浦は首を傾げる。

「どうかした？ 菜乃花ちゃん」

「先生、その、呼び方が……」

呼び方って？と聞いてから、あ！と三浦は声を上げた。

「ごめん！ 俺も馴れ馴れしく。まさるくんのこと言えないな」

「いえ、大丈夫です」

「ほんとにごめんね。子どもたちと話す時は菜乃花お姉さんって呼んでるから、それが染みついちゃって。気をつけなきゃな」

顔をしかめてから、さてと！と三浦は立ち上がる。

「そろそろ仕事に戻るね」

「あ、はい。先生、ありがとうございました。子どもたちにもよろしくお伝えください。みんなの気持ちがとても嬉しかったですって」

「分かった、伝えておくよ。じゃあまたね、菜乃花ちゃん」

そう言ってから三浦は「あ！」と、また顔をしかめる。

「ごめん、舌の根も乾かぬうちに。えっと、鈴原さん、だったよね？」

「はい、そうです」

「忘れないようにしなきゃ。じゃあまたね、鈴原さん。お大事に」

「ありがとうございます、三浦先生」

最後はいつもの爽やかな笑顔で三浦はカフェをあとにした。

＊＊＊

菜乃花と一緒に暮らすようになってから、颯真は自分自身の心境の変化に驚いていた。

心が安らぎ、温かい雰囲気に包まれる穏やかな毎日。

これまで十年間気ままにひとり暮らしをしていて、今さら誰かと一緒になんて暮らせないと思っていた。

だが菜乃花と過ごす毎日は、とにかく心地よい。

「ただいま」と帰って来ると、「お帰りなさい」と笑顔で出迎える菜乃花に、颯真は仕事の疲れも一気に吹き飛ぶ気がした。

美味しい朝食や夕食はもちろんのこと、菜乃花が作ったお弁当を仕事の合間に食べるとそれだけでホッとする。

そしてはじめて、いかに自分は今まで心と身体をすり減らしていたのかと自覚した。

自分を癒やしてくれる菜乃花に感謝する一方で、それではダメだと己に言い聞かせる。

(俺は医師として患者である彼女を見守る立場だぞ？　それを忘れるな)

そう思い、颯真は夕食を食べながら菜乃花に話し始めた。

「明日からだよね？　職場復帰」

「はい、そうです」

「くれぐれも体調には気をつけて。重い物を運んだり、無理はしないように。時間が合う時は、俺が車で送り迎えするから」

「そんな、大丈夫です。ひとりで行けますから」

「ついでだから気にしないで。それより毎日食事を作ってくれたり、掃除や洗濯までしてくれてたけど、もうしなくていいから。君の身体に負担がかかってしまう。仕事から帰って来たら、とにかくゆっくり休んでて」

「分かりました」

それと……、と颯真が続けると、まだあるんですか？と菜乃花は目を丸くする。

「最後にこれだけ。仕事中、もし何かあったらすぐに俺に連絡して。プライベートのスマホは繋がらないから、ＥＲの外線番号を伝えておく。いい？　少しでもおかしいと思ったらすぐに電話して」

「はい！」

素直に頷く菜乃花の笑顔に、颯真も思わず頬を緩めていた。

＊＊＊

翌日。

菜乃花は朝からウキウキと支度をし、颯真の車で図書館へと向かった。

「くれぐれも無理しないように」

「はい、ありがとうございます。宮瀬さんもお気をつけて」

「ああ」

颯真の車を見送ってから、菜乃花は足取りも軽く館内へと向かう。

「おはようございます！」

「鈴原さん！」

「菜乃花ちゃん！」

館長と谷川が笑顔で近づいて来た。

「久しぶり！　あーもう、本当に心配したのよ。身体は大丈夫？」

「はい、すっかり元気になりました」

「そうか。でもまだ無理はしないで。重い本は運ばないでね。カウンターに座って作業してくれていいから」

谷川と館長の気遣いにお礼を言って、菜乃花は久しぶりの仕事を楽しんだ。

顔なじみの子どもたちは菜乃花の姿を見て、なのかおねえさん！と笑顔で声をかけ、母親たちは、大丈夫だったの？と心配そうに尋ねる。

その日は一日中、皆の温かさに触れ、菜乃花は胸いっぱいに幸せを感じていた。

＊＊＊

「ただいま」
玄関を開けて声をかけた颯真は、静まり返った室内に違和感を感じる。
いつもならすぐに菜乃花が「お帰りなさい！」と出迎えるはずだった。
(まだ帰っていないのか？　いや、靴もあるし明かりもついている。え、もしや！)
颯真は急いで靴を脱ぐと、リビングのドアを勢いよく開けた。
菜乃花がソファにもたれてぐったりとしている。
「鈴原さん、聞こえる？　鈴原さん！」
肩を叩いて耳元で呼びかけると、菜乃花が、んー……と気だるそうに身をよじった。
(眠っていただけか)
颯真はホッと肩の力を抜く。
(仕事復帰の初日で、疲れたんだろうな)
ふと見ると、ダイニングテーブルの上にはいつもと同じように菜乃花の手料理が並んでいた。

（もう家事はしなくていいって言ったら、分かりましたって返事してたのに）

やれやれとため息をついてから、もう一度菜乃花の様子をうかがう。

（よく眠ってる。このまま寝かせておこう）

そう思い、颯真は菜乃花を抱き上げて寝室へと向かった。

ベッドにそっと寝かせると、菜乃花はスーッと身体の力を抜き気持ちよさそうに寝入った。

颯真はベッドの端に腰掛けて、菜乃花の左腕を取る。

（傷はだいぶよくなったな。このまま綺麗に治りますように）

腕の傷跡を確かめると最後にそっと指で菜乃花の前髪に触れ、額の傷を確かめる。

まだ少し赤く残る傷跡に、颯真は胸が痛んだ。

（俺が食事に誘ったばかりに……。女の子の顔にケガをさせるなんて、医師としても男としても自分が許せない）

きゅっと眉根を寄せると、颯真は労わるように優しく菜乃花の額を撫でる。

そのうちに何とも言えない切なさが胸に込み上げてきた。

ゆっくりと菜乃花に顔を寄せ、額と額をコツンと合わせてから思わず呟く。

「ごめん……」

そのままスルリと菜乃花の髪を撫で、最後にもう一度額の傷に触れてから、颯真は立ち上がって部屋をあとにした。

第十二章 揺れ動く気持ち

「え、宮瀬さん。今日お休みなんですか？」

ある朝。

いつものように朝食の準備をしていた菜乃花は、ソファで半身を起こした颯真に聞き返す。

「ああ。いつもなら少しだけでも病院に顔出すんだけど、今日は完全オフにしようかと思って」

「そうなんですね。それは是非そうしてください。いつもお休みなのに出勤してたなんて、そっちの方が驚きですから」

そう言うと菜乃花は、鼻歌を歌いながら冷蔵庫から卵やハムを取り出す。

颯真は片肘をついて頭を支え、ソファから菜乃花に尋ねた。

「時間は大丈夫なの？　遅刻しない？」

声をかけられて菜乃花は笑顔で頷く。

「はい。実は私も今日はお休みなんです。だからちょっと手の込んだ朝食にしようかなって」

そう言うと、テーブルに次々と料理を並べた。

美味しそうな匂いにつられたように、颯真も起き上がる。

「すごいごちそうだな」

「えっと、これはイングリッシュマフィンのエッグベネディクトです。こっちはスパニッシュオムレツ。あとはアボカドとベーコンのサラダに、ミネストローネ。って、作り過ぎちゃったかな……」

シュンとする菜乃花の頭にポンと手を置いて、颯真が笑いかける。

「早速食べたい。いいかな？」

「はい！」

ふたりで向かい合って座り、手を合わせて食べ始めた。

「うん、美味しい。ホテルの朝食みたいに豪華だ」

「食べ切れなかったら、残してくださいね」

「美味しいから全部食べてもいいか？」

「え？　はい」

戸惑う菜乃花を尻目に、颯真はパクパクと平らげていく。

「宮瀬さん、朝はコーヒーしか飲めなかったのに」

「それが君の朝食を食べてるうちに、起きたらお腹が空くようになったんだ。時々、腹が減って目が覚めるくらい」

ええっ？と菜乃花は驚く。

「体質って変わるんですね」

「ああ。三食食べるって大事だな」

「ほんとですよ。お医者様なんですから、これからはちゃんと食べてくださいね」

結局テーブルの上の料理は綺麗になくなった。

ふたりで食器を洗い、掃除と洗濯も済ませると、ソファでコーヒーを飲みながら休憩する。

颯真が医学書を読み始め、菜乃花は控えめに声をかけた。

「宮瀬さん」

「ん？　なに」

「もしよかったら本棚にある本、読ませていただいても構いませんか？」

颯真は顔を上げて菜乃花に頷く。

「もちろん。専門書ばかりで面白くないかもしれないけど……」

そう言って立ち上がると本棚の前に立ち、どれがいいかと選び始めた。

「これとかどう？　心理学の観点から人とのつき合い方や処世術なんかについて書かれていて、気軽に読むにはちょうどいい。あとこの二冊はマニアックな話だけど、君なら楽しめると思う」

「へえ、面白そう！」

受け取って少しページをめくってみると、菜乃花にとっても興味深い内容だった。

心理士の道を諦めてからは、心理学の本も無意識に避けるようになっていた菜乃花は、新しく出版された心理学関係の本についてはほとんど知らない。

（こんなに面白い本があったんだ！）

颯真と並んでソファに座り、菜乃花は時間も忘れて読みふける。

すると急に颯真の顔が視界に入り、驚いて後ずさった。

「わっ！　びっくりした。急にどうしたんですか？」

「全然急じゃない。休み休み読まないと脳にもよくないって何度も声かけたのに、全く気づかないんだから」

え？と菜乃花は首を傾げる。

「そうだったんですか？　ごめんなさい」

「そんなに面白い？　その本」

「はい、とっても」

「それならよかった。けど休憩しながら読んで」

そう言って颯真は立ち上がり、うーんと両腕を伸ばして伸びをする。

「夕食は外に食べに行くか。俺も気分転換したいし」

「え、いいんですか？」

「もちろん。身体に無理のないように、車で行ける近場にしよう。俺がお店を決めてもいい？」

「はい！」

嬉しさに目を輝かせる菜乃花に、颯真もふっと笑みをもらした。

六時になったら出発するからと颯真に言われ、菜乃花はその一時間前から部屋にこもり、あれこれと支度を始めた。

自宅マンションから持って来た服を全て並べてコーディネートを考える。

（んー、やっぱりこのワンピースにしようかな）

淡いオレンジ色の七分袖ワンピースは、絞った袖口の先がふわりと広がって揺れる。

なかなか着る機会がなかったが、菜乃花のお気に入りの一枚だった。

早速着替えると髪もハーフアップでまとめて、メイクもいつもより念入りに済ませた。

「準備出来ました」

十八時少し前にリビングに行くと、ソファでパソコンを開いていた颯真が振り返る。

菜乃花をひと目見るなり、驚いたように目を見開いた。

「え、あの、この服装ではダメですか？」

颯真の反応に、もしやドレスコードがあるお店かと菜乃花は心配になる。

「いや、大丈夫だ」

ハッと我に返ったように颯真が言い、パソコンを閉じると、ソファの背にかけてあったジャケットを手に立ち上がる。

「じゃあ行こうか」

そう言ってサマージャケットに腕を通す颯真は、いつものラフな装いよりもさらにかっこよく、菜乃花は思わず見とれてしまった。

車で二十分ほど走って到着したのは、海の上のレストランだった。

栈橋を渡って店内に入ると、三百六十度ぐるりと海が見渡せる。

「わあ、なんて素敵なところ……」

店内の照明はグッと絞られ、高い天井には小さな丸いライトが無数にちりばめられている。

「夜空の星みたい。綺麗」

うっとりと見上げる菜乃花に、颯真はクスッと笑う。

「メニューは俺が決めてもいいかな？　どうやらそれどころではないみたいだから」

「はい、お願いします」

そう言うと窓の外に広がる群青色に染まり始めた海を見つめて、菜乃花はまた夢見心地になる。

颯真はスタッフにコース料理をオーダーし、「彼女には、飲みやすいノンアルコールカクテルを何か」とつけ加えた。

しばらくすると、うやうやしく頭を下げたスタッフが菜乃花の前にカクテルグラスを置く。

菜乃花が着ているワンピースと同じオレンジ色のカクテルに、颯真が参ったとばかりに笑みをこぼす。

それを見て、自分が説明するのは野暮だと感じたらしいスタッフが「どうぞごゆっくり」と一礼して去って行った。

「とっても綺麗な色のカクテルですね。なんて名前なのかな」

グラスを手にぽつりと呟く菜乃花に、颯真は視線を伏せたまま口を開いた。

「オレンジの他に、レモンやパイナップルで作ってあるんだ。カクテル言葉は『夢見る少女』カクテルの名前は……」

颯真は顔を上げて菜乃花と視線を合わせた。

「シンデレラ」

え?と菜乃花が思わず聞き返す。

「今夜の君にぴったりだな。君が着替えてリビングに現れた時、すごく綺麗で驚いた」

そう言って颯真は、優しく菜乃花に笑いかける。

「じゃあ、乾杯」

ノンアルコールのスパークリングワインを手にした颯真と乾杯し、菜乃花はドキドキしながらカクテルに口をつけた。

颯真が微笑みながらじっと見つめてくる視線を感じ、菜乃花はもはや顔を上げることが出来ない。

「美味しいです」

うつむいたまま小さく呟くのが精いっぱいだった。

「そう、よかった。あれ？　アルコール入ってないはずなんだけど」

そう言われて、何のことか？と菜乃花は視線を上げる。

「顔が赤い。まさか酔ってないよね？」

真顔で颯真に尋ねられ、菜乃花はますます真っ赤になった。

「よ、酔ってないです。全然、大丈夫です」

「そう？　それならいいんだけど。まだしばらくお酒は控えて」

「はい、かしこまりました」

コクコクと頷き、またカクテルを飲む。

そのあと運ばれてきた料理を味わいながらも、菜乃花は終始緊張気味に頬を染めたままだった。

「宮瀬さん、今夜はありがとうございました。素敵なお店で、お料理もとても美味しかったです」

レストランを出ると、桟橋を歩きながら菜乃花は改めて颯真にお礼を言う。

「どういたしまして。ずっと君にお礼をしたかったんだ。それなのに俺と約束したばかりに、あんなことになって……。本当に申し訳なかった」

「そんな！　宮瀬さんのせいなんかじゃありません。私が勝手に宮瀬さんの病院まで行こうとしたから」

「だけど俺との約束がなければ、君は事故に遭うこともなかった。そう思うと心苦しくて……」

宮瀬さん、と菜乃花は言葉に詰まる。

「そんなふうに思わないでください。私を見るたびに申し訳ないって思われてるのかと思うと、ケガよりもその方が私には辛いです」

え？と颯真は立ち止まって菜乃花を振り返った。

切なさとやるせなさを胸に菜乃花がじっと颯真を見つめると、颯真はきゅっと眉根を寄せた。

「そんな顔しないで」

そう言って颯真はそっと右手を伸ばし、菜乃花の左の頬を包み込んだ。

「君にはいつも笑っていてほしい」

「宮瀬さん……」

菜乃花の目に涙が込み上げてくる。

「それなら宮瀬さんも、私に対して心苦しいなんてもう思わないでください。私は宮瀬さんに、そんなふうに思われたくない。私は、あなたに……」

その先の言葉が続けられずに、菜乃花は唇をぎゅっと引き結んだ。

何が言いたいのか、何を言おうとしたのか、菜乃花自身も分からない。

そんな菜乃花の頬に、颯真は優しく手のひらを滑らせた。

「ごめん。もう二度とそんなふうに思わない。だから君も、いつもみたいに笑ってて」

菜乃花は颯真を見上げると、懸命に涙をこらえて頷く。

「よかった。じゃあ、帰ろうか」

「はい」

颯真はさり気なく菜乃花の手を握り、再び桟橋を歩き始める。

繋がれた手にドキッとしながら、菜乃花はうつむいて頬を染めていた。

第十三章　通じ合う心

その日の夜。

菜乃花はレストランでの幸せな気持ちを胸にしまい、決心する。

（ここを出て行こう。これ以上一緒にいれば、私は宮瀬さんを好きになってしまう。思わず好きだと打ち明けてしまったら、宮瀬さんは断れない。ケガをさせた負い目から私を拒めずに、私は彼を縛りつけてしまう）

そんなことはさせられないと、菜乃花は自分の気持ちを押し殺した。

翌日。

いつもより少し手の込んだ夕食を作ると、菜乃花は颯真とテーブルで向かい合う。

これがふたりの最後の夕食になるのだと思うと寂しさに涙が込み上げそうになったが、懸命に明るく笑って食事を終えた。

食後のコーヒーを淹れてソファに並んで座ると、菜乃花は意を決して颯真に切り出した。

＊＊＊

「え？　帰るって、ひとり暮らしのマンションに？」

突然の菜乃花の言葉に、颯真は驚いて手を止める。

「はい。もう退院から一ヵ月経ちますし、体調もいいので。それに宮瀬さんをずっとソファで寝かせるのも申し訳ないですし」

「そんな……。気にしなくていいから」

「ですが、いつまでもこのままお世話になるわけにはいきませんよね？」

菜乃花に問われ、颯真は返す言葉が見つからない。

「宮瀬さん、今まで本当にありがとうございました。私のケガに責任を感じて、こんなにもよくしてくださって。もう充分です。どうかこれ以上、私のことを負い目に感じないでくださいね」

そう言って微笑む菜乃花に、颯真はただ呆然とする。

突然自分の手から、スルリと菜乃花がすり抜けて行ってしまう気がした。

菜乃花と暮らす毎日が、この先もずっと続くと思っていた。

優しく笑って心を癒やしてくれる菜乃花が、いつの間にかかけがえのない存在になっていたのだ。

(なぜだ？　夕べやっとその手を掴めたと思ったのに)

菜乃花と繋いだ手の温もりが思い出される。

心温かく幸せだったあの瞬間が、脳裏に蘇ってきた。

「行くな」

颯真は思わず菜乃花を胸にかき抱いていた。

「行かないでくれ」

ぎゅっと強く抱きしめながら、菜乃花の耳元で声を振り絞る。

菜乃花は驚いたように身体を固くしていた。

「宮瀬さん……」

「君を手放したくない。ここにいてほしい」

「それは、ケガをした私への責任感からですか？」

「違う！　そうじゃない。俺は君との毎日が本当に幸せだったんだ。穏やかで温かくて、心が満たされた。君との時間が、君が……、こんなにも愛おしい」

腕の中の菜乃花がハッと息を呑むのが分かった。

「君は違ったのか？　毎日明るくお帰りなさいと出迎えてくれて、美味しい料理を作ってくれて、楽しそうに笑ってくれて。君は、そんな俺との日々が嫌だったのか？」

「違います！」

顔を上げた菜乃花の目は、涙で潤んでいた。

「私もとても幸せでした。何気ない会話も楽しくて、私が作る料理を美味しいと食べてくれて。ずっとそばで守られている気がして、心強くて安心して。でも私、辛かったんです」

えっ、と颯真は驚いて目を見開く。

「宮瀬さんは、私への義務感でそばにいてくれるんだって思って。優しくしてくれるのも、大事に守ってくれるのも、きっと負い目を感じているからだって。だから私、あなたへの気持ちを心の奥にしまい込んだんです」

颯真は、目に涙をいっぱい溜めた菜乃花を見つめてささやいた。

「聞かせてくれる？　君が心の奥にしまい込んだ俺への気持ちを」

菜乃花の瞳から遂に涙が溢れ出る。

「私は、あなたが好きです」

ぽろぽろと涙をこぼしながら真っ直ぐに伝える菜乃花を、颯真はたまらず胸に抱きしめた。

「俺もだよ。心から君が好きだ……菜乃花」

「……颯真さん」

「ずっとそばにいてほしい。いつも明るく笑っていてほしい。俺が必ず君の笑顔を守っていく。もう二度と君を危険な目に遭わせたりしないと誓う。だから俺に君を守らせてくれないか？　君のそばで、この先もずっと」

菜乃花は涙で潤んだ瞳で颯真を見上げ、まるで花開くように微笑んだ。

「私もずっとあなたのそばで、あなたの笑顔を守りたいです。優しくて温かいあなたを、誰よりも近くで支えていきたいです。颯真さん、私のケガはあなたのせいなんかじゃありません。もう二度と負い目に感じないで。これからはふたりでずっと、どんな時も笑顔で過ごしていきたいです」

「菜乃花……」

「でもやっぱりこのままお世話になり続けるのはどうしても気が引けるので、一旦自宅に戻りますね。時間がある時はここに来てもいいですか？　少しでもあなたに会いたいです」

颯真は喜びに胸が震えるのを感じながら、菜乃花を抱きしめた。

「もちろん、いつでも待ってる。ありがとう、菜乃花、君のことが誰よりも愛おしい」

「私も。あなたのことが大好きです」

互いの耳元でささやくと、少し身体を離して見つめ合う。

「菜乃花」

「はい」

優しく名を呼ぶと、菜乃花は顔を上げる。

涙で揺れる綺麗な瞳で見つめられ、颯真の胸に切なさが込み上げてきた。

ゆっくりと、右手で菜乃花の左頬を包み込む。

菜乃花は甘えるように颯真の手に顔を寄せてきた。

そのかわいらしさにふっと微笑むと、颯真は親指を菜乃花の頬に滑らせて涙を拭う。

そのまま目を閉じて抱き寄せ、優しく菜乃花にキスをした。

ふわっと風が吹いたような、花を揺らすような優しいキス。

だが唇を離すと菜乃花に潤んだ瞳で見上げられ、颯真は堰（せき）を切ったように今度は熱く口づけた。

込み上げる想いをぶつけるように、何度もキスを繰り返す。

菜乃花の柔らかく温かい身体を、強く胸に抱きしめながら。

（いつの間にこんなにも想いを募らせ、求め合っていたのだろう。もう二度と離れることなんて出来ない）

そう思いながら颯真はいつまでも菜乃花を抱きしめ、温もりに幸せを感じていた。

第十四章 三浦への報告

互いの想いを打ち明けたあと、菜乃花はひとり暮らしのマンションに戻った。

だが週の半分は颯真のマンションに行き、ふたりの時間を大切にしている。

七月の二十日を過ぎると、菜乃花は小学生向けの夏休みイベントを企画した。

宿題や自由研究のヒントになるようにと、図鑑や実験の本を紹介したり、勉強会を開く。

今日は、星空研究の日。

菜乃花がカーペットエリアにプリントや資料、図鑑や筆記用具を並べて準備をしていると、ふいに「なのかお姉さん」と声をかけられた。

顔を上げた菜乃花は驚いて目を見開く。

「りょうかちゃん！」

はにかんだ笑顔で立っていたのは、みなと医療センターに入院していたりょうかだった。

「うわー、久しぶり！　元気にしてた？」

「うん。今ね、一年生になったの」

「そうかあ、小学校に入学したんだね。おめでとう！　それからお手紙をありがとう。大事に取ってあるんだよ」

りょうかはあの時と同じように、照れたような笑顔を見せる。

「この図書館、おうちからは遠いんだけど、今日はお父さんが車で送ってくれたの。星空研究にどうしても行きたくて。終わる頃にまた迎えに来るって」

「そうなのね！　遠いのに来てくれて嬉しい。一緒に楽しもうね」

「うん！」

開始時間にはまだ少し早く、りょうかは菜乃花の準備を手伝ってくれる。

「なのかお姉さん。病院のおはなし会には行ってるの？」

「それがね、少しお休みしてるの。でもそろそろまた行こうと思ってたところなのよ」

「そうなんだ！　まさるくんがね、なのかお姉さんが最近来ないって言ってたよ。お母さん同士が時々電話してるの」

「そっか。まさるくんにも会いたいな。じゃあ、今度仕事がお休みの日に会いに行こうかな」

「うん。まさるくん、もうすぐ退院なんだよ」

え！と菜乃花は手を止めてりょうかを振り返る。

「そうなの？」

「うん。来週の木曜って言ってた」

「木曜……。仕事だけど、なんとか会いに行ってみる」

「うん！ まさるくん、きっと喜ぶよ」

「そうだといいな。教えてくれてありがとうね、りょうかちゃん」

りょうかはにっこりとかわいらしい笑顔で頷いた。


イベントの時間になり、たくさんの小学生たちが集まって来た。

菜乃花はまず挨拶してから、早速図鑑を開いて子どもたちと一緒にプリントに星座を書き込んでいく。

春の空、夏の空、秋の空、冬の空。

それぞれの星座を書き込むと、あとは自由に星について調べてもらう。

星座にまつわるエピソードや星占い、英語での星の名前など、子どもたちは自分の興味があることについて調べていく。

菜乃花はそれを手伝い、関係のある本を持ってきたり相談に乗ったりした。

「なのかお姉さん、ありがとうございました」

「こちらこそ。みんな気をつけて帰ってね」

「はーい！」

子どもたちを見送ると、菜乃花は最後にりょうかにお礼を言った。

「お手伝いありがとう、りょうかちゃん。それに今日は会えて嬉しかった。また来てね！」

「うん！　今度はまさるくんも誘ってみる」

「わー、楽しみ！　待ってるね」

菜乃花は手を振ってりょうかを見送ると、カウンターに戻って早速館長に相談する。

「来週の木曜日だね。分かった。その時間は抜けてもらって構わないよ」

「ありがとうございます！　昼休憩をその時間にずらして取らせていただきます」

「そんな細かいこと気にしなくていいから。ゆっくり会っておいで」

「はい！」

そしてみなと医療センターにも連絡する。

顔なじみのナースは久しぶりの菜乃花の電話を喜んでくれ、いつでもお待ちしていますと言ってくれた。

翌週の木曜日。

菜乃花は小ぶりの花束とラッピングした本を持って、みなと医療センターの小児科病棟を訪れた。

「まさるくん」

「なのか！」

病室を覗くと少し見ない間にどこか大人びた表情になったまさるが、菜乃花を見てパッと笑顔になる。

「なのか、ケガしてたんだって？　だいじょうぶかよ？」

「うん、もう大丈夫だよ。まさるくん、なんだかかっこいいね。私のこと心配してくれてたの？」

「バカ！　そんなわけねえよ」

「あはは！　本当にかっこいいね。はい、これ。退院おめでとう！」

菜乃花は花束と本を手渡す。

「え、くれるの？」

「もちろん！　まさるくん、本を好きになってくれたもんね。おうちで読んでみて」

プレゼントしたのは、子ども図鑑。

色々なジャンルを分かりやすくイラストで解説してあり、乗り物や食べ物の他に、人間の身体の仕組みについても書かれていた。

多感な子ども時代に入院を経験した子どもたちは、きっと誰よりも命や身体を大切にしてくれるだろう。

そんな気持ちで、菜乃花はこの本を贈ることにしたのだった。

退院の手続きを終えた母親が「そろそろ行くわよ」と呼びに来た。

まさるが廊下に出ると、ドクターやナースたちがズラリと並んで待っている。

「まさるくん、退院おめでとう！　長い間よくがんばったね」

三浦が笑顔でまさるの頭を撫でる。

「まさるくん、元気でね！」

「また顔見せに来てね！」

ナースや事務員たちにも次々と声をかけられ、まさるは照れ笑いを浮かべながら無事に退院していった。

「ありがとう、わざわざ来てくれて。体調は問題ない？」

「はい、元気です。今日は私もまさるくんに会えて嬉しかったです」

他のスタッフが持ち場に戻って行ったあと、三浦が菜乃花に話しかけてきた。

「つい先日、りょうかちゃんが図書館に来てくれたんです」

「へえ、りょうかちゃんが？　元気そうだった？」

「はい、とっても。小学校に通ってるって嬉しそうにお話してくれました。まさるくんの退院のことも、りょうかちゃんが教えてくれたんです」

「そうだったんだね」

「それと、私、そろそろここのボランティアも再開させていただこうと思っています」

「そう。体調は大丈夫？」

「はい。無理しないように気をつけます」

するとと三浦は視線を外して何かを考えてから、再び菜乃花に向き直る。

「今、少し時間ある？」

「え？　はい。少しなら」

「俺も休憩時間なんだ。一階のカフェで話をしてもいいかな？」

はい、と頷いて菜乃花は三浦と共にエレベーターで一階に下り、以前と同じカフェのテーブル席で向かい合って座った。

「菜乃花ちゃん」

コーヒーをひと口飲むなり、いきなり三浦にそう呼ばれて菜乃花は戸惑う。

「敢えてそう呼ばせてほしい。菜乃花ちゃん、俺は君が大好きだ。告白して断られても、すんなり諦められないほどね。君が大ケガを負った時は、本当に心配で胸が痛んだ。これからは俺の手で君を守らせてほしい。改めて君に告げるよ。俺は優しさに溢れた君のことが心から好きだ。どうか俺とつき合ってほしい」

菜乃花は顔を上げて正面から三浦と向き合う。

「三浦先生。私、宮瀬さんとおつき合いすることにしたんです」

三浦は驚いてハッと目を見開いた。

「そんな、いつの間に？　もしかして一緒に住んでいたから？　それって本当に君は彼を好きだと言えるの？」

「はい、もちろんです」

「じゃあ宮瀬先生の気持ちは？　君への罪の意識から、申し訳ないと思って君と一緒にいるんじゃないの？」

「それは……」

違うとすぐに否定したい。

けれど菜乃花は、自信が持てずに思わず躊躇してしまった。

心のどこかで自分もまだほんの少し、颯真を疑う気持ちがあるのかもしれない。

口を閉ざしてうつむいた時、ふいに「菜乃花」と声がした。

「颯真さん！」

いつの間に来たのだろう、白衣姿の颯真がそばに立っている。

「菜乃花、おいで」

「はい」

菜乃花は立ち上がると、差し出された颯真の手を握る。

「三浦先生、俺は罪の意識で菜乃花と一緒にいるわけではありません。心から菜乃花を愛しています。これからはどんな時も、俺が菜乃花をこの手で守っていきます」

きっぱりと告げた颯真の言葉は、菜乃花の胸にも真っ直ぐに届いた。

繋いだ手にぎゅっと力を込められ、菜乃花の目がじわりと涙でにじむ。

「……菜乃花ちゃんは？　宮瀬先生のこと、どう思ってるの？」

三浦に聞かれて菜乃花はしっかりと顔を上げた。

「私も颯真さんのことが心から好きです。颯真さんの優しさは、負い目からくるものではありません。私は颯真さんの誠実な想いを感じて、颯真さんを好きになりました。

私たちの気持ちに嘘はありません」

今ならそう信じられる。

(だって颯真さんは、こんなにも私を大切に想ってくれていたんだから)

そっと見上げると、颯真も菜乃花を見つめてふっと優しく微笑んだ。

「……そう、分かった。菜乃花ちゃんの幸せを願うのが、俺の出来るたったひとつのことだ。だけど宮瀬先生、これだけは覚えておいて。菜乃花ちゃんを悲しませたら、その時は俺が奪うから」

「はい、分かりました」

真剣に頷く颯真に三浦も頷き返す。

「それじゃあ、菜乃花ちゃん。またボランティアに来てくれる時はよろしくね」

「はい。こちらこそ、よろしくお願いいたします」

菜乃花がお辞儀をすると、三浦は「じゃあね!」といつものように去って行った。

「菜乃花、今日は俺のマンションに来られる?」

仕事に戻る為に病院を出る菜乃花を、颯真が見送る。

「はい。夕食作って待ってますね」

「ありがとう。本当は今、菜乃花を離したくない。だけど夜まで我慢するよ」

ええ？と菜乃花は顔を赤らめてうつむく。

「続きは夜にな、菜乃花」

「は、はい」

何の続きかと聞き返したくなるが、何やらニヤリと不敵な笑みを浮かべる颯真に菜乃花は黙って頷いた。


図書館に戻って午後の業務を済ませると、菜乃花はその足で颯真のマンションに向かう。

今夜は颯真の好きな天ぷらとサバの味噌煮、ほうれん草と油揚げの煮浸しやきゅうりとわかめの酢の物、肉じゃがを作った。

「お帰りなさい！」

「ただいま、菜乃花」

二十一時を過ぎて帰って来た颯真は、玄関まで出迎えに来た菜乃花を優しく抱き寄せて頬にキスをする。

病院でのことを思い出して、菜乃花は頬を赤らめた。

夕食後にソファでコーヒーを飲みながら、どうにも気になって聞いてみる。

「颯真さん、あの時いつからカフェにいたの？」

「ん？　たまたま通りかかったら、ガラス越しに菜乃花が見えたんだ。でも三浦先生も一緒だと分かった途端、身体が勝手に動いて……」

気まずそうに顔をしかめる颯真に菜乃花は驚く。

「ええ？　颯真さん、いつも冷静沈着なのに？」

「ああ、自分でも驚いた。菜乃花のこととなると、俺ってこんなに我を忘れるんだな。だから最高に嬉しかった、あの時……」

そして菜乃花をじっと見つめる。

「菜乃花がきっぱりと、俺のことが心から好きだと言ってくれた時」

菜乃花は顔が真っ赤になるのを感じた。

「そ、それは、前にもそう言ったことあるじゃないですか」

「ああ。だけど三浦先生に向かって迷うことなく言ってくれた。それが嬉しかったんだ」

「それなら私もです。颯真さんが、先に三浦先生に言ってくれたから……」

うつむいて小声になる菜乃花に、颯真がグッと顔を近づける。

「ん？　俺がなんて言ったって？」

「もう！　からかわないでください」

「はは！　ごめん。かわいくて、つい」

颯真は菜乃花を抱きしめると、耳元でささやいた。

「何度でも言う。心から菜乃花を愛しているって」

「颯真さん……。私もあなたが大好きです」

そっと視線を上げると、颯真は優しく菜乃花に微笑む。

どちらからともなく顔を寄せると、ふたりは愛を込めてキスを交わした。

第十五章『Be you tiful』

暑い日が続く。

図書館は連日夏休み中の子どもたちが多く訪れ、菜乃花は対応に追われていた。

本の問い合わせや貸し出し業務、イベントの開催に宿題の相談。

他のことは考えられないほど、菜乃花は毎日仕事に集中していた。

夏休みが終わりかける頃、りょうかがまさると一緒に図書館を訪れた。

三人で再会を喜び、菜乃花はふたりが仲良くテーブルに並んで宿題をする姿を微笑ましく眺めていた。

九月に入り暑さが少し和らいでくると、加納夫妻がよく顔を出すようになる。

皆の元気そうな姿を嬉しく思いながら穏やかな毎日を送っていた菜乃花は、ある日有希から嬉しいメッセージを受け取った。

「え、生まれた？　男の子が無事に！」

仕事終わりにスマートフォンを見た菜乃花は、早速有希に返事を打つ。

【有希さん、先輩。おめでとうございます！　ママも赤ちゃんも元気で何よりです。

写真もありがとうございました。とってもかわいい赤ちゃんですね。私も早く会いたいです。有希さん、お身体お大事に。ゆっくり休んでくださいね。嬉しいお知らせを、本当にありがとうございました】

送信すると、ふふっと思わず笑みがこぼれる。

（落ち着いたら会いに行きたいなあ。あ！　プレゼントを買いに行かなきゃ！）

次の休みに早速探しに行こうと、既に菜乃花はウキウキと明るい気持ちになっていた。

図書館の忙しさも落ち着き、菜乃花はみなと医療センターでのボランティアを再開した。

入院中の子どもたちの顔ぶれは入れ替わっており、三浦がかつて王子様役として紙芝居に参加していたことを知る子はいない。

菜乃花は新しい子どもたちにも楽しんでもらえるよう、毎回あれこれ考えながら本を選び、読み聞かせをしていた。

おはなし会を終えると本棚の整理をしてから看護師長に挨拶して帰る。

週に一回通っているにもかかわらず、三浦に会うことはないまま月日は流れていった。

秋の気配が深まった頃、菜乃花は仕事休みの日に久しぶりに有希と春樹のマンションを訪れていた。

「いらっしゃい、菜乃花ちゃん。どうぞ入って」

「こんにちは、有希さん。お邪魔します」

産後まだ二ヵ月足らずだが、有希は元気そうで菜乃花は安心する。

出産祝いに、花束と布製のベビー絵本をプレゼントした。

布の中に色々な素材が入っており、赤ちゃんが握るとそれぞれ違った手触りが楽しめ、りんごやバナナや象など大きなイラストも描かれている。

「ありがとう！　こんなのあるのね。早速見せてみようっと」

「はい。気に入ってくれるといいな」

有希は菜乃花をリビングの端に置かれたベビーベッドに案内した。

「ほーら、瑞樹（みずき）。菜乃花お姉さんが来てくれたわよ」

ベビーベッドから赤ちゃんを抱き上げて、有希が優しく声をかける。

その横顔はすっかりママの顔だった。

念入りに手を洗った菜乃花に、有希は赤ちゃんをそっと抱かせる。

「うわー、かわいい！　ふわふわ！　甘くていい匂い。はじめまして、瑞樹くん」

「ふふ、菜乃花ちゃん、抱っこ上手ね」

「え、そうですか？　これで大丈夫？」

「うん！　いつでもママになれるわよ」

有希はにっこり菜乃花に笑いかけた。

布絵本を手に握らせてあやしたりたくさん写真を撮ったりと、菜乃花は赤ちゃんに心癒やされた。

授乳を終えてお腹がいっぱいになった赤ちゃんが眠ると、有希と菜乃花はソファに座って紅茶を飲みながらおしゃべりする。

「菜乃花ちゃん、その後どう？」

「えっと、ご報告がすっかり遅くなったのですが……」

「え？　何、どうしたの？」

「はい。実は私、宮瀬さんとおつき合いしています」

「えぇー？　いつから？　どうやって？　どんな感じで？」

身を乗り出して問い詰めてくる有希に、菜乃花は思わず仰け反った。

「有希さん、そんな。とにかく落ち着いて」

「これが落ち着いていられますか！　ねえ、今日は颯真先生は？」

「お仕事です。早番ですけど、すぐには帰れないみたいで」

「じゃあ、お仕事終わったらここに来てもらって。ね？　いいでしょ？」

グイグイと迫られ、菜乃花は仕方なく頷き颯真にメッセージを送った。

「あー、楽しみ！　早く来てくれないかな、颯真先生。菜乃花ちゃん、夕食もここで食べていかない？」

「あ、はい。お邪魔でなければ。それとこれ、デパ地下でお惣菜買ってきたんです」

菜乃花はデパートの紙袋を有希に手渡す。

「え、こんなにたくさん？　ありがとう！　助かるわ。早速今夜はこれをいただくわね」

ふたりでキッチンに立ち、惣菜を皿に盛りつける。

サラダや果物も用意し終わった頃、ただいまーと玄関から声がした。

「あ、春樹が帰って来た。お帰りなさい！」

有希がぱたぱたと玄関まで出迎えに行く。

「お、菜乃花。久しぶり！」

「お邪魔してます」

リビングに入って来た春樹に挨拶していると、有希が待ち切れないとばかりに春樹に話しかけた。

「ねえ、春樹。聞いて！　菜乃花ちゃんと颯真先生、つき合うことになったんだって！」

「へえ、そうか！　ついに！　よかったなー、菜乃花」

菜乃花は気恥ずかしさに視線を落としつつ「ありがとうございます」とお礼を言う。

「いつから？　どういうきっかけで？」

「それは、その……」

言い淀むと有希が口を開いた。

「それは颯真先生からも聞きたいじゃない？　お仕事終わったらここに来てくれるように頼んだの」

「おお、颯真来るんだ。楽しみだな」

「夕食は颯真先生が来てからにしましょ」

お茶を飲みながら赤ちゃんを囲んでおしゃべりしていると、二十時を過ぎた頃に颯真が到着した。

「颯真先生、いらっしゃい！」

「お邪魔します」

「よう、颯真。待ってたぞ。ほら、早く菜乃花の隣に座れって」

有希と春樹に熱烈に歓迎されて、颯真は菜乃花に首をひねってみせた。

「どうかしたのか？　ふたりとも」

「えっと、ちょっとね。お仕事お疲れ様、颯真さん」

するとすかさず有希が声を上げる。

「ほんとだ！　菜乃花ちゃんが颯真さんって名前で呼んでる」

「え、有希さん。そんな……」

「じゃあ颯真先生は？　菜乃花ちゃんって呼んでるの？」

颯真はサラリと答える。

「いや、菜乃花って」

「きゃー！　素敵、キュンキュンしちゃう」

両手を頬に当てて身悶える有希の横で、春樹は感慨深げに頷いた。

「よかったなあ。あの菜乃花とあの颯真が！　俺も自分のことみたいに嬉しいよ」

「あー、早くあれこれ聞きたい！　けど食事が先ね。すぐに用意するから」

有希と菜乃花がテーブルに食器を並べる間、春樹は颯真に赤ちゃんを抱かせていた。

「かわいいな。瑞樹くんか、いい名前だ。目元が春樹にそっくりだな」

「だろ？　将来イケメン間違いなしだぜ。俺みたいにモテまくるぞー」

「ははは！　性格はあんまり似ない方がいいな」

「おい、どういう意味だよ？」

ふたりのやり取りを、菜乃花は後ろから微笑ましく眺める。

颯真が手土産のワインとフルーツの盛り合わせを春樹に渡した。

「急いでたから、取り敢えずでごめん」

「いや、気持ちだけでありがたいよ。颯真、今夜は飲めるのか？」

「車で来たから、俺は遠慮するよ」

そう言いつつ、いつものように病院からの呼び出しを気にしているのが菜乃花には分かる。

「春樹、私も授乳中で飲めないからさ。ワインは春樹と菜乃花ちゃんで楽しんで」

有希がそう言うと、春樹も頷いた。

「そうだな。菜乃花、つき合ってくれ」

「はい」

そして四人で乾杯した。

「改めまして、有希さん、先輩。瑞樹くんのお誕生日おめでとうございます」

「おめでとう、春樹、有希さん」

菜乃花と颯真がグラスを掲げると、ふたりは笑顔でお礼を言う。

「ありがとう！　菜乃花ちゃん、颯真先生」

「ふたりともありがとな。いやー、結婚式から一年足らずで瑞樹が生まれて、俺ほんとに嬉しいよ」

ワインをごくごく飲み、饒舌になった春樹ののろけは止まらない。

「綺麗な有希と結婚出来て幸せだーって思ってたら、まさかのハネムーンベビーまで授かって！」

菜乃花は思わずワインにむせて顔を真っ赤にする。

「大丈夫？　菜乃花ちゃん」

「は、はい。大丈夫です」

「ちょっと春樹！　やめてよ、私まで恥ずかしいじゃない」

有希が咎めるが、春樹は上機嫌でさらに語り続ける。

「なんでだよ？　結婚っていいぞ。颯真もさ、早く結婚しろよ。家庭を持ってこそ男は仕事にも邁進出来るんだ」

「春樹ったら！　ごめんね、颯真先生。聞き流して」

「いや、春樹が幸せそうで俺も嬉しいよ」

するとと春樹はガバッと颯真に抱きついた。

「颯真ー！　サンキュウー。俺もお前たちの幸せを願ってるからな！」

「うっ、分かったから」

苦しそうに身をよじりつつ颯真は苦笑いする。

その後も春樹のご機嫌トークは止まらない。

春樹の相手は颯真に任せて、菜乃花は有希とソファに場所を移した。

「ね、菜乃花ちゃん。春樹の言葉じゃないけど、結婚の話は？」

「いいえ、まったく」

「そうなんだ。じゃあ、赤ちゃんが先になったりするかもね？」

菜乃花は顔を真っ赤にして首を振る。

「いえ、あの。まだそういうこともありませんから」

「えっ、そうなの？」

真顔で聞き返され、菜乃花は恥ずかしさのあまり下を向く。

「えー、颯真先生ってかなり奥手。だって同棲してるんでしょ？」

「いえ、今はもう自分のマンションに戻ってるんです」

「そうなんだ。でも泊まりに行ったりはするんでしょ？」

「はい、それはまあ」

「それでも何もないなんてね。颯真先生、よっぽど菜乃花ちゃんのこと大事にしたいんだろうなあ」

え？と菜乃花は顔を上げた。

「そうなんですか？　私はてっきり、自分に女性の魅力がないからだと思ってました」

「まさか！　そんなわけないでしょ？　どうしてそんなふうに思うの？」

「私、周りの女性と比べて自信が持てないんです。有希さんもとってもお綺麗だしキラキラしたオーラがあって、私なんかとは違うなといつも思っています」

そんなこと……と首を振って視線を落とすと、有希は再び顔を上げた。

「ねえ、菜乃花ちゃん。『Be you tiful』って言葉知ってる？」

「ビー、ユー、ティフル、ですか？　ビューティフルではなくて？」

「そう。『あなたらしくいることが beautiful』なの。そのままの菜乃花ちゃんが、一番綺麗なのよ」

「そのままの、私……」

「そうよ。だから周りと比べたりしないで。菜乃花ちゃんは菜乃花ちゃんのままでいいのよ」

その時、ホワーとかわいい泣き声がして有希は立ち上がった。

「あら瑞樹。起きたのねー」

優しい声でベビーベッドに近づく。

（私は私のままで……）

ソファに残された菜乃花は、心の中で有希の言葉を噛みしめていた。

＊＊＊

「じゃあね。菜乃花ちゃん、颯真先生」

「はい、お邪魔しました」

ソファで酔いつぶれている春樹にも、じゃあな！と声をかけてから、颯真は菜乃花と一緒に玄関を出た。

「菜乃花、このまま俺のマンションに来る？　おっと、大丈夫か？」

「はい、すみません」

よろけた菜乃花に颯真が手を差し出す。

「春樹につき合わされて、結構飲まされてたもんな。ごめん」

「ううん、大丈夫」

菜乃花の足元はおぼつかず、目もトロンとしている。

颯真が身体を支えながら車に乗せると、菜乃花はすぐさまスーッと眠りに落ちた。

(やっぱり無理させたな。ごめん、菜乃花)

運転席から手を伸ばし、颯真はそっと菜乃花の前髪をよけて額にキスをする。

エンジンをかけると、菜乃花を起こさないようなるべく静かに車を走らせてマンションに向かった。

第十六章 クリスマスイブの王子様

気がつけばあっという間に師走に入り、街はクリスマスの飾りで彩られ始めた。

菜乃花は図書館の一角に大きなツリーを飾り、クリスマス関連の本を並べて紹介する。

イベントもクリスマスに関するものを企画し、同時にみなと医療センターの子どもたちにも楽しんでもらえるよう、あれこれ準備をしていた。

「菜乃花ちゃん。クリスマスイブのシフト、変わろうか？ お休み欲しいよね？」

谷川が気を利かせて菜乃花に尋ねる。

「ありがとうございます。でも特に予定はないので大丈夫です」

クリスマスイブは颯真も仕事の為、ふたりでマンションでゆっくり夜を過ごすつもりだった。

「そう？ でももし予定が入ったら、遠慮なく言ってね。女の子にとってクリスマスイブは大切な日だものね。おばちゃんにもそんな時期があったのよー」

谷川は頬に手を当ててうっとりと宙を見つめる。

「ふふ、谷川さんのそのお話、聞いてみたいです。クリスマスイブにいいことあったんですか?」

「まあね。菜乃花ちゃんにもきっと素敵なサンタさんが現れるわよ」

そう言うと、クリスマスソングを鼻歌で歌いながら谷川はカウンターへと戻って行った。


そして迎えたクリスマスイブ。

菜乃花はみなと医療センターの小児科病棟に来ていた。

子どもたちの就寝後に、プレイルームの飾り付けをする為だ。

そのあと颯真と一緒にマンションに帰ることにしている。

「こんばんは。お邪魔します」

二十一時過ぎ、菜乃花は小児科病棟のナースステーションに小声で挨拶に行く。

子どもたちは一時間前に就寝時間となり、病室は暗く静まり返っていた。

「鈴原さん、こんばんは。クリスマスイブなのに、ありがとう」

ベテランのナースが、声を潜めながら笑いかける。

菜乃花は、三十分ほどで終わりますから、と断ってプレイルームに向かった。

「さてと！　まずはこのカードと本をツリーの下に並べて……」

持って来た紙袋からクリスマスカードを取り出すと、ラッピングした十冊の本と一緒にツリーの近くに置いた。

カードには『メリークリスマス』の言葉と共に、クリスマスに関するクイズをいくつか載せている。

その答えは、ラッピングされた本の中に書かれていた。

子どもたちが自然と本を手に取りたくなるように、そして興味を持って本を読んでくれるようにと考えて、菜乃花は今夜の為に準備していた。

「これでよし！　みんなクイズ、楽しく考えてくれるかな？　あとは壁の飾りと……」

明日目を覚ました子どもたちがここに来て、わあ！と喜んでくれるように華やかに飾ろうと、菜乃花はあれこれ持って来ていた。

部屋の片隅にあるパイプ椅子を手に取り、壁際に広げてからよいしょっと座面に乗って立ち上がる。

ガーランドを手に視線を上げた時、天井の明かりが目に入ってくらっと眩暈がした。

「危ない！」

誰かの声が聞こえたと思った次の瞬間、菜乃花の身体はふわりと宙に浮いた。

（……え？）

何が起こったのかと瞬きを繰り返していると、すぐ目の前に颯真の顔が現れた。

「まったく……。また頭を打ったらどうする？」

「え、颯真さん？　どうして……」

菜乃花は考えを巡らせ、どうやら椅子から落ちそうになったところを颯真に抱き留められたらしいと分かる。

颯真は菜乃花をそっと床に下ろすと、椅子に座らせてからひざまずいた。

「どこも平気か？」

「はい、大丈夫です。ありがとうございました。照明が眩しくて眩暈がしただけなんです」

菜乃花は手にしていたガーランドを颯真に見せた。

「これを窓に飾りたくて。颯真さんは？　もうお仕事終わったんですか？」

「ああ、少し早く上がれたから様子を見に来たんだ。それ、貸して」

颯真は菜乃花からガーランドを受け取る。

「どこにつければいい？」

「あ、カーテンレールに。少したゆませて半円になるように」

菜乃花の指示を聞きながら、颯真はガーランドをテープで留めていく。

「これでどう？」

「バッチリです！　ありがとうございます」

「他には？」

「えっと、壁にこの星の折り紙とサンタさんとトナカイの絵を貼って。あとは綿を雪みたいに飾るのと……」

菜乃花が紙袋から次々と取り出し、ふたりであちこちに飾った。

「出来た！　これで完了です」

「子どもたち、喜ぶだろうな」

「ふふ、そうだといいですけど」

「じゃあ、そろそろ帰るか」

そう言うと、颯真は菜乃花が床に広げていた荷物をまとめた。


「それでは、メリークリスマス！」

颯真のマンションに着くと、テーブルに料理を並べてふたりで乾杯する。

グラスの中身はジンジャーエール。

今夜ばかりはお酒を飲むかなと菜乃花がワインを注ごうとすると、颯真はまたもやそれを拒んだ。

「うん、どれも美味しいな」

菜乃花が作ったローストチキンやパスタを次々と平らげながら、颯真はふと顔を上げた。

「菜乃花？　どうかしたか？　元気ないな」

「いえ、あの……」

「うん、どうした？」

「颯真さん、やっぱり今夜もお酒を飲まないんだって思って」

え？と、颯真は首をひねる。

「それがどうかしたか？」

「今夜だけじゃない。颯真さんはいつも頑なにお酒を飲まないでしょう？　非番の時でも」

一体何の話とばかりに、颯真は目をしばたたかせた。

「颯真さん。聞いてもいいですか？　どうして救急医になろうと？」

「どうしたんだ？　急に」

「前から聞いてみたかったんです。救急の現場って厳しいですよね？　きっと一分一秒が勝負、ほんの少しのことが生死を分ける、そんな世界じゃないですか？」

「ああ、うん」

「そんな現場で毎日神経をすり減らして、颯真さん自身は大丈夫ですか？　重荷を背負い過ぎていませんか？　颯真さんはプライベートを犠牲にしていると私は思います」

真っ直ぐに見つめて静かに語りかける菜乃花に、颯真は言葉を失う。

「俺は別に……。そんなつもりは」

「それなら今夜くらいお酒を飲みましょう」

「いや、俺はいい」

「病院から呼び出されるかもしれないから？」

「ああ」

「今、みなと医療センターのＥＲにいる夜勤のスタッフは、そんなに信頼出来ない方々なのですか？」

「まさか！　みんな腕のいいドクターばかりだ」

颯真は顔を上げて即座に否定した。

「でしたらその方々にお任せして、颯真さんはちゃんとプライベートを楽しみましょう。心も身体もしっかり休んで、元気を蓄えてから仕事に行きましょう。それも大切な仕事のひとつですから」

「いや、俺はいつもちゃんと休んでる」

「気づいてないのですか？　颯真さん自身が知らず知らずのうちに疲弊していることに。色々なことを抱え込んで、心が疲れていることに」

菜乃花は、あの日菜の花畑で肩を震わせて辛い心情を吐露していた颯真を思い出す。

あの時の颯真は限界ギリギリだった。

いつまたあんなふうに辛い状況に追い込まれるかもしれない。

「颯真さん。私はあなたのことを素晴らしいドクターだと思っています。人の心に寄り添うことが出来る優しい人です。あなたには、これからもたくさんの患者さんを救ってほしい、そう願っています。だからどうか、颯真さん自身が元気でいてください」

菜乃花の言葉にじっと耳を傾けていた颯真は、やがてゆっくり頷いた。

「ああ、分かった」

菜乃花は頬を緩める。

「では、改めて乾杯しましょ！」

＊＊＊

グラスに注いだスパークリングワインで、ふたりはソファに並び二度目の乾杯をする。

「メリークリスマス！」

ゆっくりと口をつけた颯真は、ふうと息をついた。

「美味しいな。ジンジャーエールとは違う」

「ふふっ、それはそうですよ。颯真さん、お酒はどれくらいぶり？」

「最後に飲んだのは学生の時だったから……、何年だ？」

ええ！と、菜乃花は驚いて仰け反る。

「そんなに？　じゃあ、すぐに酔っ払っちゃうかも？」

「どうだろう？」

「颯真さん、酔うとどうなっちゃうのかな？　ちょっと楽しみ」

ふふっと笑う菜乃花を、颯真は正面から見つめた。

「菜乃花は俺の主治医だな。俺よりも俺のことをよく分かってくれている。そしていつも俺の心を癒やしてくれる。俺はどんなに君に救われたか分からない。ありがとう」

菜乃花は微笑んで首を振る。

「私の方こそ。颯真さん、いつも私を心配してそばで守ってくれてありがとう。入院中も退院してからも、私はあなたの温もりに触れてその心強さに安心しました。今日も危ないところを助けてくれて……。本当にありがとうございます」

颯真も菜乃花に微笑みかけた。

「菜乃花がそばにいてくれたら、俺は毎日楽しく笑って暮らせる。菜乃花がいてくれるだけで心が癒やされてホッとする。菜乃花が微笑んでくれたら、それだけで俺は幸せな気持ちになるんだ」

菜乃花ははにかんだ笑みでうつむく。

「私もです。颯真さんとなら、何でもない会話も楽しくて。大きな手で守ってくれると心の底から安心して。何も飾らずに、そのままの私でいてもいいんだなって思えます」

「そのままの君が一番いい。顔に似合わず肝が据わっていて、子どもたちには優しくて。人の痛みに気づいて、寄り添って、心を癒やしてくれる。そんな菜乃花が、俺は誰よりも好きだ」

「私も。あなたのことが大好きです」

にっこりと笑みを浮かべる菜乃花を抱き寄せ、颯真は優しくキスをする。

胸に抱きしめた菜乃花は照れたようにうつむき、そのかわいらしさに颯真はまた菜乃花の頬に口づけた。

「菜乃花、明日の仕事は何時上がり？」

「えっと、早番だから五時です」

「俺も早番なんだ。六時には出られると思う。迎えに行くから、菜乃花の部屋で待ってて。泊まりだから、着替えも用意しておいて」

「え？ どこに行くの？」

「ん？ 内緒。楽しみにしてて」

颯真はそう言って菜乃花に笑いかけ、愛おしそうにもう一度キスをした。

＊＊＊

翌朝。

みなと医療センターの小児科病棟では、目を覚ました子どもたちの嬉しそうな声が響き渡っていた。

「わー、サンタさんからのプレゼントだ！」

枕元に置かれたプレゼントに、どの子も目を輝かせている。

「サンタさん、来てくれたんだ！」

「先生、見て！　プレゼントだよ！」

朝から興奮気味の子どもたちに、三浦も目を細めた。

「よかったな、みんな」

子どもたちはプレイルームに行き、菜乃花が置いた本のプレゼントにも夢中になる。

すると五歳の女の子が、三浦の白衣の袖を引っ張った。

「ん？　どうしたの？　ももちゃん」

しゃがんで視線を合わせると、女の子は小さな声で話し出す。

「あのね、きのうの夜、王子様を見たの」

「王子様？　サンタさんじゃなくて？」

「うん。夜、トイレに行こうとしたら、ここに背の高い王子様がいたの。ピンクのスカートの女の子をお姫様だっこしてたよ」

へえー！と三浦は声を上げる。

「かっこよかった？　その王子様」

「うん！　かっこよかった。お姫様もかわいかったよ」

「そうなんだ。それは先生も見たかったな」

女の子に笑いかけてから立ち上がり、三浦はふっと小さく笑みをもらす。

（クリスマスイブの王子様か……。粋なことするな）

そしてもう一度、頬を緩めて微笑んだ。

第十七章 聖夜に結ばれて

「うーん、これでいいかな？」

翌日のクリスマス。

仕事から帰ってきて着替えると、菜乃花は鏡の前で角度を変えながら全身をチェックする。

ボルドーのワンピースにオフホワイトのボレロを羽織り、髪型はハーフアップで毛先をゆるく巻いた。

張り切り過ぎるのも恥ずかしいが、やはり少しでもかわいくみせたい。

なにせこれまで颯真とは、忙しさのあまりデートらしいデートは出来なかったのだから。

「これでよし、と。あー、緊張してきちゃった」

ソワソワと落ち着きなく部屋の中を歩き回っていると、スマートフォンが鳴る。

《もしもし、菜乃花？　エントランスに着いたよ》

「はい！　今下ります」

電話から聞こえてくる颯真の声に既に顔を赤くしながら、菜乃花はコートを着ると急いで部屋を出た。

「颯真さん、お待たせしました」

「おっ、かわいいな、菜乃花」

優しく菜乃花に微笑む颯真はいつもより改まったジャケット姿で、菜乃花はそのかっこよさにしばし見とれる。

「じゃあ、行こうか」

「はい」

颯真が開けたドアから、菜乃花は車の助手席に乗り込んだ。

「あの、どこに行くの？」

「ん？　着いてからのお楽しみ。二十分くらいで着くよ」

楽しげに言って颯真は車を走らせる。

着いた先は、海に面したラグジュアリーなホテルだった。

「こんな素敵なホテル！　私、この格好で大丈夫かな」

「もちろん。凄くかわいい」

車を降りる菜乃花に手を差し伸べ、颯真はそのまま菜乃花の肩を抱いて歩き出す。

菜乃花はますます頬を赤らめた。

向かったのは最上階にあるフレンチレストラン。

真下に見下ろせる街の輝きと、どこまでも続く綺麗な海を眺めて菜乃花がうっとりしていると、颯真はスタッフとにこやかに会話しながらスマートにオーダーを済ませた。

「じゃあまずは乾杯しよう。メリークリスマス」

「メリークリスマス」

ふたりはワインで乾杯する。

(颯真さん、やっとお酒を楽しんでくれるようになったんだ)

菜乃花は嬉しくなり、ついつい飲み過ぎてしまう。

「菜乃花、そんなに飲んで大丈夫?」

「はい。私、こう見えて結構お酒は強いんです」

菜乃花は美味しいワインと料理に酔いしれ、いつにも増して大人の男性の魅力に溢れた颯真に終始ドキドキと胸を高鳴らせていた。

「ごちそうさまでした。とっても美味しかったです。素敵なクリスマスになったなあ」

菜乃花はうっとりしながらレストランを出る。

「菜乃花、クリスマスの夜はまだまだこれからだよ」

「え？」

怪訝そうな表情を浮かべる菜乃花を連れて、颯真はエレベーターで下の階に行く。

客室が並ぶフロアの真ん中まで進むと、ポケットからカードキーを取り出してピッと鍵を開けた。

「ええ？　お部屋を取ってあったの？」

「ああ。クリスマスだけど平日だからか、ひと部屋空いてたんだ。どうぞ」

促されて足を踏み入れた菜乃花はゴージャスで広い部屋に驚き、颯真を振り返る。

「こ、ここって、もしかしてスイートルーム？」

「ん？　まあね」

軽く笑うと颯真は菜乃花の肩を抱いて、窓際へと促した。

窓の外に広がる夜景に菜乃花は感嘆の声を上げる。

「なんて綺麗……」

颯真は部屋の照明をグッと絞った。

夜空に輝く星と、月明かりをキラキラ映す海の水面（みなも）。

菜乃花は颯真と肩を並べ、しばらくその美しさに魅入っていた。

＊＊＊

「菜乃花、明日の仕事は何時から？」

ソファに並んで座り、コーヒーを飲みながら颯真が尋ねる。

「明日はお休みなの」

「そうか！　俺も休みなんだ。じゃあ、ちょっとつき合ってもらってもいいか？」

「どこに？」

「それは内緒」

「えぇー？　また内緒？　どうしていつも教えてくれないの？」

菜乃花は上目遣いに颯真を睨む。

「そんな目で睨んだってちっとも怖くないよ。かわいいだけだ」

笑いながらそう言うと、颯真は菜乃花を抱き寄せてキスをした。

頬を赤く染めた菜乃花が、潤んだ瞳で颯真を見つめる。

颯真はたまらないというように切なげな表情で、さらに深く菜乃花に口づけた。

んっ……と菜乃花が吐息をもらし、颯真の腕に身体を預ける。

「菜乃花……」

込み上げる愛しさで胸をいっぱいにさせながら、颯真は何度も菜乃花に口づけソファに押し倒した。

「菜乃花、今夜はこのままベッドに行こうか」

颯真が真上から菜乃花を見下ろすと、菜乃花は、うん……と小さく頷く。

颯真はもう一度チュッと菜乃花にキスをしてから、そのまま菜乃花を抱き上げてベッドルームへと向かった。

大きなキングサイズベッドにそっと菜乃花を横たえると颯真はすぐさま覆いかぶさり、菜乃花の頬や耳元、首筋にキスを繰り返す。

菜乃花は頬を紅潮させ、んんっ……と吐息をもらしながら、しなやかに背中を仰け反らせた。

その色香に溺れてさらに深く口づけると、颯真は菜乃花の右手に自分の左手を重ねて指を絡ませる。

「菜乃花……」

熱にうかされたように耳元で名を呼び、菜乃花のなめらかな首筋をスッと指で撫でた。

ピクンと菜乃花の身体が小さく跳ねる。

そんな菜乃花の反応に目を細めつつ、颯真は菜乃花を胸に抱き寄せ、少し浮いた背中に手を滑らせてワンピースのファスナーを下ろした。

そのまま菜乃花の首筋に沿ってキスをし、鎖骨や肩先へと唇を移動させる。

スルリと菜乃花の肩からワンピースが滑り落ちると菜乃花はハッと目を見開き、恥ずかしさを隠すように颯真にぎゅっと抱きついた。

「菜乃花、綺麗だよ」

颯真は菜乃花の頬に手を添えて、真っ直ぐに見つめる。

「颯真、さん……」

目を潤ませる菜乃花の頭を撫でながら、颯真は優しく尋ねた。

「菜乃花、大切にするから。俺に君を愛させてくれる？」

「……はい」

じわりと菜乃花の目元に浮かぶ涙を、颯真はチュッとキスで拭った。

「ありがとう」

颯真は菜乃花に微笑みかけてから、溢れる想いのまま熱く唇を奪う。

そこから先はもう止まることはなかった。

何度もキスを繰り返しながら颯真は菜乃花の身体のあちこちに手を滑らせ、綺麗な素肌を暴いていく。

清らかな身体を捧げる菜乃花を颯真は心の底から愛おしみ、ひと晩中大切に大切に愛を注いでいた。

＊＊＊

翌朝。

大きなバスタブにアメニティのバラの花びらを浮かべ、菜乃花は優雅なバスタイムを楽しむ。

ドライヤーで髪を乾かし身支度を整えてからリビングに行くと、颯真がオーダーした朝食がテーブルに並んでいた。

「美味しそう。朝からなんて贅沢なの」

焼きたてのクロワッサンやオムレツ、マッシュポテトにスモークサーモンやシーザーサラダなど、豪華なホテルの朝食をふたりでゆったりと味わう。

食後のコーヒーを飲んでから、颯真に連れられるままホテルの近くにある有名なハイブランドのジュエリーショップを訪れた。

「わあ、素敵」

普段アクセサリーを着けない菜乃花は、店内に足を踏み入れるとたくさんの輝くジュエリーに目を奪われる。

「菜乃花、婚約指輪はこっちだよ」

颯真に呼ばれて菜乃花は、は？と固まった。

「え、あの。颯真さん、婚約指輪を選びに来たの？」

「そうだけど。菜乃花、どれがいい？」

「え、私に？」

思わずそう言うと、颯真は真顔で菜乃花を振り返る。

「当たり前だ。菜乃花以外の誰に渡すって言うんだ？」

「でも、あの、その」

驚きのあまり頭がついていかない。

「菜乃花、この辺りはどう？」

颯真が指差す先を見ると、眩いばかりのダイヤモンドの指輪がズラリと並んでいた。

「なんて綺麗なの……」

思わずうっとりしながら呟くと、女性スタッフがにこやかに口を開く。

「こちらはどれも、カラーは最高級のDランクのダイヤモンド。クラリティも最高品質で、カットは一番ダイヤモンドが美しく見えると言われるラウンドブリリアントカットでございます。カラットやデザインのお好みはございますか？」

「え、いいえ、何も」

菜乃花は気後れして選べない。

「菜乃花、これ着けてみて」

颯真の言葉に、スタッフがショーケースの中から指輪を取り出した。

キラキラと輝くひと粒ダイヤモンドは、これぞ婚約指輪といった王道のデザインだった。

(婚約指輪って、こんなに存在感があるのね)

菜乃花は未だに実感が湧かない。

颯真があれこれと選ぶが、言われるがままにはめるのみだった。

「菜乃花、気に入ったのあった？」

「それが、どれも素敵で迷ってしまって。颯真さんからいただけるならそれだけで……」

するとと颯真は、うーんと考え込む。

「じゃあ、ちょっとソファで待ってて」

「はい」

言われた通り、菜乃花は壁際のソファに座って待つ。

スタッフは菜乃花の指のサイズだけ測ると、あとはずっと颯真とやり取りしていた。

「お待たせ。刻印してもらうから、仕上がりはもう少し先になるらしい」

「そうなんですね」

「楽しみにしてて。さてと。じゃあ、ぶらぶらショッピングでもするか」

「はい！」

菜乃花が笑顔で頷くと、颯真はさりげなく菜乃花と手を繋いで歩き出す。

菜乃花は胸をドキドキさせながら、うつむいて頬を緩めた。

カフェでランチをしたり気になるお店を覗いたりと、ふたりで気ままに休日を楽しむ。

菜乃花はせめてものお礼として、颯真にマフラーと手袋をプレゼントした。

「ありがとう、菜乃花。大切にする」

颯真の笑顔に菜乃花も嬉しくなって微笑む。

夜は、はじめてふたりで食事をしたトラットリアを訪れた。

「なんだか懐かしい。一年ぶりですね」

「菜乃花と出逢って一年か……。色々あったな」

しみじみと呟く颯真に菜乃花も頷いて、さまざまな出来事を思い出した。

「菜乃花と過ごすこの時間が、奇跡のように感じるよ。当たり前だと思わずに、これからもずっと俺は感謝する。菜乃花がそばにいてくれることを」

「私もです。颯真さんといられる幸せを、この先も感謝しながら過ごしていきます」

「菜乃花を決して離さない。必ず俺が守っていく」

菜乃花は照れたように微笑んで、はいと頷く。

ふたりの間には目に見えない確かな愛の絆が生まれていた。

第十八章 菜の花畑で微笑んで

年が明けて、新しい一年が始まった。

颯真にとっては年末年始も関係ない。

多忙を極める颯真に少しでも会いたいと、菜乃花は颯真のマンションで帰りを待つことが多かった。

疲れ果てて帰って来た颯真を、お帰りなさい！と菜乃花が笑顔で出迎える。

その瞬間、颯真の心はふっと軽くなった。

なかなかふたりの休みが合わず、デートに行けないまま時間だけが過ぎていく。

菜乃花は、颯真のマンションで一緒に過ごすだけで楽しいと言い、いつもたくさんの料理を作って待っていた。

だがなんとしてもこの日だけは……と、颯真は菜乃花の誕生日の三月十日に休みを申請する。

そして小さな箱をジャケットのポケットに忍ばせてから、菜乃花の職場の図書館へと向かった。

＊＊＊

【お昼ご飯一緒に食べよう。菜の花畑で待ってる】

昼休みに入り、スマートフォンのメッセージを見た菜乃花は笑みを浮かべる。

ランチバッグを手にすると、急いで図書館の隣の公園に向かった。

「颯真さん！」

菜乃花がプレゼントしたマフラーと手袋を着け、ベンチで本を読んでいた颯真が顔を上げる。

「お疲れ様、菜乃花。温かいスープとホットサンドを買ってきた。一緒に食べよう」

「はい」

ふたりでベンチに並んで座り、分け合って味わう。

「菜乃花の手作りのお弁当ももらっていいか？」

「もちろん、どうぞ」

「ありがとう」

菜の花を眺めながらポカポカと温かい陽射しの中、のんびりとふたりで過ごす。

食べ終わると、颯真は菜の花畑に目をやりながら口を開いた。

「子どもの頃、一緒に住んでいた祖父がひとりで散歩に出かけて倒れたんだ。救急車で運ばれたけど助からなかった。医師になってから、あと少し発見が早ければ祖父は助かっていたかもしれないと気づいて、救急医を志したんだ。救える命を救いたい、そう思っていた。だけどちょうど一年前の今日、俺はどうしようもないほど打ちのめされていた。怒りや悲しみ、やるせなさ、色んな感情が混ざり合って押しつぶされそうだった。医師としてやっていく自信も失くしかけていた」

菜乃花はそっと颯真の横顔を見つめる。

「気持ちのやり場がなくて図書館に来て、菜乃花と子どもたちを見ていた。別世界のようだったよ。命がキラキラ輝いて見えた。自分とは住む世界が違う、そんなふうに感じていた俺に菜乃花は手を差し伸べてくれたんだ。抱きしめて、だいじょうぶって言い聞かせてくれた。その時俺がどんなに救われたか……。そして知らない間に背負い込んでいた重荷も、君が気づかせてくれた。この先も医師として色んな困難や試練が待ち受けていると思う。でも菜乃花の温もりと言葉を思い出せば俺はきっとまた乗り越えられる、そう思うんだ」

静かに耳を傾けていた菜乃花も、ゆっくりと話し出した。

「私もあの日のことは忘れません。心理士への道を挫折して何年もずっと暗い気持ちを抱えていた私を、颯真さんは優しく抱きしめてくれました。資格とか職業なんか関係ない。私は私自身で立派に志を果たしているんだって言われた時、心の中のわだかまりが溶けていくのを感じました。私の方こそ颯真さんにどんなに救われたか……。一年前の誕生日に、私は新しく生まれ変わった気持ちで前に進めるようになったんです。本当にありがとうございました」

颯真は菜乃花に優しく微笑みかける。

「俺たちは互いに互いを必要としているんだ。一緒にいれば必ず幸せになれる。ひとりでは困難な道も、ふたりなら乗り越えられる。そして俺は菜乃花の為なら強くなれる。君を守る為ならどんな事だってやってのけるよ。君がいつも笑顔でいてくれるように俺は君をそばで守り、必ず幸せにする。だから菜乃花、どうか俺と結婚してほしい」

菜乃花の綺麗な瞳から涙が一筋こぼれ落ちた。

「颯真さん。私はずっと前からあなたに守られていた気がします。あなたが抱きしめてくれる温もりを、私は何度も感じていたから。優しく、温かく、頼もしく、いつもあなたは私を支えてくれました。そんなあなたが何かに悩んだ時、私は誰よりも近くで支えたい。あなたの心に寄り添って少しでも癒やしたい。私もあなたを幸せにしたいです。颯真さん、どうか私と結婚してください」

颯真は頷くと手を伸ばし、親指でそっと菜乃花の涙を拭う。

「結婚しよう、菜乃花」

「はい。颯真さん」

ふわりと風が舞う中、ふたりは優しく微笑み合った。

颯真がポケットからリングケースを取り出し、菜乃花の左手薬指にそっと指輪をはめる。

「わあ、かわいい！」

中央には煌めくダイヤモンド、そしてその左右にも小さく三つずつ並んでいた。

菜乃花は左手を顔の前に掲げて、その輝きにうっとりする。

「よく似合ってる、菜乃花。君のイメージでオーダーした婚約指輪なんだ。たくさんの菜の花が並んで咲くように、人の心に寄り添うことが出来る君へ」

「ありがとうございます、颯真さん。嬉しい……」

風に揺れる菜の花のように優しい微笑みを浮かべる菜乃花を抱き寄せ、颯真はそっと愛を込めて口づけた。

第十九章 希望の光

「おめでとう！　菜乃花ちゃん、颯真先生。ようやくね。はあー、本当によかった！」

両家への挨拶を済ませて婚姻届を提出し、ふたりは身近な人たちへ結婚の挨拶をして回った。

有希と春樹は、とにかくよかった！と手放しで喜んでくれる。

「颯真、本当にヤキモキしたぞ。奥手なお前のことだから時間かかるだろうと思ってたけど、まさか他のドクターに告白され……」

「春樹！」

すかさず有希が鋭い視線で遮る。

「もう！　いつもひと言余計なの。でも本当にハラハラしたわ。颯真先生、菜乃花ちゃん、おめでとう！　末永くお幸せにね」

「ああ、そうだな。颯真、菜乃花、これからも夫婦でよろしくな」

颯真と菜乃花は笑顔で頷いた。

そして三浦のところにもふたりで報告に行く。

「そうか！　本当によかったな。幸せになるんだよ、菜乃花ちゃん」

「はい、ありがとうございます」

「宮瀬先生、菜乃花ちゃんを少しでも泣かせたらその時は俺が容赦しないから。覚えておいてね」

「はい。充分承知しております」

「そう。それならよかった」

そう言うと三浦は、改めてふたりを笑顔で祝福した。

「おめでとう！　君たちなら必ず幸せになれる。お似合いのふたりだよ」

「ありがとうございます」

ふたりは揃って三浦に頭を下げた。

塚本たちERのメンバー、小児科病棟のナースたち、そして図書館の館長や谷川、加納夫妻も……。

たくさんの笑顔と祝福の言葉を胸に、颯真と菜乃花はより一層幸せを噛みしめていた。


翌年の三月末。

菜乃花はふたりで、いつもの菜の花畑に来ていた。

ふたりといっても颯真とではない。

菜乃花は腕に生後三ヵ月の赤ちゃんを抱いていた。

クリスマスイブに生まれた娘を連れて、館長や谷川に会いに来ていたのだ。

挨拶を済ませて図書館を出ると隣の公園に向かい、ベンチに座って菜の花を眺めながら、綺麗だねーと娘に話しかける。

颯真との大切な娘は『どんな困難の中でも希望の光を見出せる子に。そしてキラキラと輝く人生を送ってほしい』と願いを込めて、『ひかり』と名付けた。

「ねえ、ひかり。これからのあなたの人生は、楽しいことばかりではないかもしれない。でもね、忘れないで。どんな時もパパとママはあなたのそばにいて、あなたを支えるから。それにあなたの周りには、こんなにも素敵な世界が広がっている。綺麗な花や自然があなたの心を癒やしてくれる。あなたの住む世界は、こんなにも優しくて温かいのよ」

菜乃花が語りかけると、ひかりは、あー！と声を出してにっこり笑う。

「ふふ、かわいい」

愛娘を見つめてから、菜乃花はもう一度顔を上げて菜の花畑に目をやった。

春の柔らかい陽射しは、颯真の笑顔に似ている。
この温かい世界と優しい颯真は、いつも自分とひかりを守ってくれているのだ。
そう感じて、菜乃花はもう一度ひかりを見つめた。
ふわりと風に揺れて花開く菜の花のように、優しい微笑みを浮かべながら……。

（完）

特別書き下ろし番外編

「メリークリスマス！」

菜乃花と颯真は笑顔でグラスを合わせる。

結婚してはじめてのクリスマスイブ。颯真は仕事を終えると急いで帰宅していた。

テーブルの上には、手の込んだクリスマスのごちそうが並んでいる。

「菜乃花、こんなにたくさん作ってくれて体調は大丈夫だった？」

「ええ、大丈夫。それに作るのが楽しくて、いい気分転換になったし」

「そう？　それならよかった。早速食べてもいいか？」

「もちろん。あとでデザートのブッシュドノエルもありますよ」

「楽しみだな。じゃあ、いただきます」

颯真はローストチキンや生ハムとチーズのピンチョス、ガーリックバタートーストやサーモンマリネに次々と手を伸ばした。

菜乃花の手料理はどれもこれも美味しく、ふたりで一緒にクリスマスイブを過ごせることが何より嬉しい。

「来年は三人で過ごせるな」

颯真が微笑みかけると、菜乃花も頷いて大きくなったお腹に手をやった。

ふたりの大切な命が、菜乃花のお腹の中ですくすくと育っている。

出産予定日は十二月三十一日。大みそかだった。

「今年中に生まれるかな？　それとも年明け？」

菜乃花の問いに、さすがの颯真も首をひねる。

「どうだろう？　こればっかりは赤ちゃんのご機嫌次第だな。のんびり待とう」

「そうですね」

顔を上げて颯真ににっこり笑いかけた菜乃花は、次の瞬間ふと真顔になる。

「菜乃花？　どうかした？」

「いえ、大丈夫です。颯真さん、ポットパイのシチューもどうぞ」

「ありがとう。へえ、美味しそうだな」

パイを崩しながらクリームシチューを味わい、颯真は幸せを噛みしめる。

(仕事のことばかりだった俺が、こんなにも心安らぐ時間を持てるなんて。菜乃花がいてくれるだけで温かい幸せに包まれる)

それにもうすぐ赤ちゃんも生まれてくる。

必ず菜乃花と赤ちゃんを幸せにしてみせると、颯真が改めて心に誓った時だった。

またしても菜乃花が手を止め、きゅっと小さく眉根を寄せる。

「菜乃花？　ひょっとしてお腹が痛む？」

颯真が尋ねると、菜乃花は慌てて顔を上げた。

「ううん。そういうわけじゃないの」

取り繕うような菜乃花の言葉に、颯真は少し考えてから真剣な表情で立ち上がる。

菜乃花のそばにひざまずくと、大きなお腹に両手を添えた。

（かなり張りが強い）

慎重に手の角度を変えながら確かめると、颯真は菜乃花を真っ直ぐ見つめて口を開く。

「菜乃花、俺に気を遣わないでちゃんと教えて。お腹に痛みはある？」

「えっと、あの……。痛みというか、きゅーって締めつけられるような感覚がありま
す」

「そう、分かった」

そう言うと颯真は腕時計に目を落とした。

（だいたい十分くらいか）

最初に菜乃花が表情を変えたのは十分ほど前。

恐らく陣痛の始まりだった。

病院に連絡を入れようと思い、颯真は菜乃花にいつもと変わらない落ち着いた口調で尋ねる。

「菜乃花、入院の荷物はまとめてある？」

「荷物ってお産の？　はい、寝室に置いてあります」

「分かった。取ってくるからちょっと待ってて」

優しく笑って菜乃花の頭にポンと手をやると、颯真は急いで寝室に行き、みなと医療センターの産婦人科に電話をかけた。

「もしもし、宮瀬ですが」

《あら、宮瀬先生？　どうされました？》

「妻が産気づいたようです。陣痛の間隔は十分ほどで、お腹に張りもあります。破水はしていないようです」

《分かりました。準備しておきますので、こちらに向かってください。どうぞお気をつけて》

「はい、十五分ほどで到着すると思います。よろしくお願いします」

通話を終えるとクローゼットを開け、手前にあった菜乃花のボストンバッグを手にリビングに戻る。

「颯真さん、あの。ひょっとしてこれ、陣痛なの？」

不安そうに聞いてくる菜乃花の手を取り、颯真は穏やかに頷いてみせた。

「ああ、多分ね。赤ちゃんが生まれる準備をしている。菜乃花、これから病院に行こう。車まで歩ける？」

「はい。あ、でもお料理の片づけが……」

「そんなこと気にしないで。今、菜乃花のコート持ってくる」

そう言って立ち上がろうとすると、菜乃花が颯真の服の袖をぎゅっと握った。

何かをこらえるような表情をする菜乃花を優しく抱きしめる。

「大丈夫、ゆっくり息を吸って」

菜乃花は言われた通りに大きく深呼吸した。

「痛みは落ち着いた？」

「はい、引きました」

「じゃあ今のうちに行こうか」

菜乃花の身体を支えて玄関に向かいながら、チラリと時計を確認する。

(マズイな、もう五分間隔だ)

だが菜乃花を不安にさせてはいけない。

颯真は菜乃花を気遣いながら、駐車場に下りた。

車で十分ほどの距離が、今はとてつもなく長く感じる。

颯真は何度も菜乃花の様子に目をやりながら、職場でもあるみなと医療センターに車を走らせた。

「菜乃花、着いたよ」

ドアを開けて手を貸すと、車を降りた途端に菜乃花は痛みに立ち尽くす。

颯真は菜乃花の背中をさすりながら痛みが落ち着くのを待ち、そのまま菜乃花を抱き上げて歩き出した。

「えっ、颯真さん！　歩けるから下ろして」

顔なじみの助産師たちが駆け寄って来て、菜乃花は恥ずかしさに真っ赤になる。

だが颯真は一向に気にせず、助産師たちに指示を出した。

「進行が速く陣痛の間隔が五分を切っている。このまま分娩室へ」

「はい。今、主治医の先生を呼んできます」

分娩室に入るとそっと菜乃花をベッドに座らせて優しく話しかける。

「菜乃花、俺も着替えたらすぐ戻る。それまで準備をしながら待ってて。いい?」

「はい、分かりました」

颯真は菜乃花に微笑みながら頷くと、その場をナースに任せて一旦部屋を出た。

スクラブに着替えて手を消毒してから戻ると、分娩用のピンクのガウンに着替えた菜乃花は、お腹に分娩監視装置を着けられて分娩台に上がっていた。

颯真は主治医の女性医師に「よろしくお願いします」と頭を下げる。

「宮瀬先生、いよいよですね。子宮口も全開しています。奥様を励ましてあげてください」

「はい」

颯真は菜乃花のそばに行くと、血管確保されていない方の手を握りしめた。

「菜乃花、聞こえる?」

ぎゅっと目を閉じて痛みに耐えていた菜乃花が、うっすらと目を開ける。

「……颯真さん」

「大丈夫、俺がついてるから」

「うん、ありがとう」

そう言って健気に笑みを浮かべるが、またすぐに襲ってくる痛みに菜乃花は唇を噛みしめた。

颯真は握る手に力を込め、赤ちゃんの心拍数と菜乃花の子宮収縮の様子をモニターで確認する。

酸素が充分行き届かず一時的に赤ちゃんの心拍が少し下がっているのを見ると、菜乃花に声をかけた。

「菜乃花、俺を見て」

え？と菜乃花が顔を上げる。

「いい？　俺から目を逸らさないで。ゆっくり大きく息を吸って」

菜乃花は言われた通りに、颯真と視線を合わせたまま息を吸う。

「そう、そしたら今度はゆっくり吐いて。上手だ。菜乃花、モニターのトクトクって音、聞こえる？　赤ちゃんの心臓の音だよ」

「うん、聞こえる。赤ちゃん、がんばってるのね」

「そうだよ、菜乃花。もうすぐ赤ちゃんに会えるからな」

「うん、早く会いたい」

目を潤ませる菜乃花に、颯真は優しく笑いかける。

横目でモニターを確認しながら、タイミングを計った。

「菜乃花。次に大きな波が来たら、大きく息を吸ってからお腹の下の方に力を入れて。赤ちゃんが生まれて来ようとするのを助けてあげるんだ。俺が合図するから」

「はい」

「じゃあ、まずは深呼吸から。吸って、吐いて。もう一回、今度は大きく吸って、はい、お腹にグーッと力を入れて」

菜乃花は颯真の言葉に合わせて、懸命にお腹に力を込める。

「いいぞ、上手だ。一旦楽にしていいよ」

ふう、と身体の力を抜いた菜乃花の髪を、颯真は優しく撫でた。

「菜乃花、あと少しがんばってくれる？　一緒に赤ちゃんを迎えよう」

「うん。颯真さんに元気な赤ちゃんを抱かせてあげたい」

「ありがとう、菜乃花」

そっと額に口づけると、菜乃花は安心したように微笑んだ。

再びモニターに大きな波形が現れる。

「よし、菜乃花。もう一回いくよ？　吸って、吐いて、吸って、はい、力を入れて」

グーッと力を振り絞る菜乃花の手を、颯真も懸命に支えた。

主治医の先生が「もういいですよ。力を抜いてください」と声をかけてきた次の瞬間……。

分娩室に大きな産声が響いた。

「……颯真さん」

「菜乃花……」

見つめ合ったふたりの目から、一気に涙が溢れ出る。

「おめでとう！　元気な女の子よ」

そう言って先生は、菜乃花の胸に生まれたばかりの赤ちゃんを抱かせた。

「わあ、かわいい！」

菜乃花は愛おしそうに赤ちゃんの頬をそっと撫でる。

「ね、颯真さ……」

顔を上げた菜乃花は、目を真っ赤にしながら懸命に涙をこらえる颯真を見て言葉を止めた。

「颯真さん？　大丈夫？」

ああ、と答えようとした颯真の声はかすれて、言葉にならない。

「颯真さん……」

菜乃花も言葉を詰まらせて、また涙する。

やがて颯真は、赤ちゃんごと菜乃花をそっと抱きしめた。

「ありがとう、菜乃花。本当に……、ありがとう」

耳元でささやくと菜乃花は、うん、と頷く。

ようやく身体を離し、ふたりで見つめ合いながら照れたように笑った。

「一度お預かりして、身長や体重を測ってきますね」

助産師が赤ちゃんを連れて行くと、颯真は労るように菜乃花の頭を撫でる。

菜乃花の後産が心配で主治医の先生の様子に目をやると、処置をしていた先生は大丈夫だと言うように颯真に目配せした。

「菜乃花、がんばってくれてありがとう。身体は大丈夫？」

「はい。赤ちゃんの顔見たら、すっかり元気になりました。赤ちゃん、目元が颯真さんにそっくりでしたね」

「そうか？　俺は菜乃花に似てると思った。ほっぺがふわふわで唇がちょこんとしてて」

するると菜乃花は、ええ？と驚く。

「私ってそんな印象なの？」

「うん。どうしてそんなに驚くんだ？」

「だってそんな、赤ちゃんみたい」

颯真は一瞬ポカンとしたあと、思わず笑い出す。

「赤ちゃんが菜乃花に似てるんじゃなくて、菜乃花が赤ちゃんに似てるんだ」

「もう、颯真さん！」

「ごめん、だってどっちもかわいくて。菜乃花みたいな赤ちゃんも、赤ちゃんみたいな菜乃花も」

「まだ言ってる！」

むーっと膨れる菜乃花を、颯真は優しく見つめた。

「菜乃花。俺は今のこの気持ちをいつまでも忘れない。大切な命を産んでくれて、本当にありがとう。菜乃花のことが心から愛おしい。この先は何があっても、俺が菜乃花と赤ちゃんを守ってみせるから」

「颯真さん……。ずっとそばにいてくれてありがとう。とっても心強かったです。ふたりで一緒に赤ちゃんを迎えられて、本当に嬉しい。私も颯真さんと私の赤ちゃんを、大切に育てていきます」

「ああ、そうだな」

その時「綺麗にしてきましたよー」と、白い産着に包まれた赤ちゃんを抱いて助産師が戻って来た。

「颯真さん、抱っこしてあげて」

菜乃花に言われて、颯真はそっと赤ちゃんを腕に抱く。

「うわ……。軽い、けど、重い」

「ふふっ、なあに？　それ」

思わず笑う菜乃花に、颯真は真剣な表情で続けた。

「しっかり守ってあげなきゃって思うほど軽いけど、命の尊さはずっしりと重い」

しみじみと呟く颯真に、菜乃花も頷く。

「そうですね、本当に」

そっと手を伸ばし、颯真に抱かれる赤ちゃんの頬に触れると、菜乃花は優しく赤ちゃんに語りかけた。

「必ず守るからね。一緒に幸せになろうね」

「ああ。必ず俺がふたりを幸せにするから。俺の一生をかけて」

親子三人の固い絆を噛みしめた時だった。

「おめでとう！　菜乃花ちゃん、宮瀬先生」

「三浦先生！」

白衣姿の三浦がにこやかに現れて、菜乃花も颯真も驚く。

「今夜の夜勤、俺が担当だったんだ。赤ちゃんの生後診察したよ。何も問題ない。とっても元気でかわいい赤ちゃんんだ」

「ありがとうございます」

ふたりでお礼を言うと三浦は頷き、赤ちゃんに目をやりながらしみじみと呟く。

「おふたりに似て、本当にかわいいね。クリスマスイブに生まれてくるなんて、素敵だな」

「え、あっ！　クリスマスイブ！　忘れてました」

顔を見合わせる菜乃花と颯真に、三浦は笑う。

「去年はクリスマスイブの王子様で、今年はクリスマスイブのパパだなんて。さすがだよ、宮瀬先生」

「……は？」

キョトンとする颯真に近づくと、三浦は赤ちゃんの顔を覗き込んで笑いかけた。

「幸せになるんだよ。メリークリスマス！　そしてハッピーバースデー」

そう言うと三浦はくるりと背を向け、じゃあね！と爽やかに手を挙げて去って行った。

「菜乃花、本当にお疲れ様。今夜はゆっくり休んで」

分娩室から病室に移り、ベッドに横になった菜乃花を颯真は優しく労る。

「ありがとう。颯真さん、赤ちゃん連れて来てくれる？」

「分かった」

颯真は椅子から立ち上がり、ベビーコットから赤ちゃんを抱き上げるとゆっくりと菜乃花の腕に預けた。

両腕にそっと抱いた赤ちゃんを、菜乃花は微笑みながら見つめる。

その横顔は既に母としての慈愛に満ちていた。

(母親って本当にすごい。男なんてちっぽけなもんだな。それに医師も。菜乃花は母親として、自分の力で赤ちゃんを産んでくれたんだ。感謝してもし切れない。その分、これからは俺がしっかりふたりを守っていく)

颯真はそう固く己の心に刻みつける。

「ね、颯真さん。今何時？」

「えっと、十一時半だな。あと三十分で日付けが変わるよ」

「そう。まさかクリスマスイブに生まれてくるなんてね。夕食の時は、年内かな？年明けかな？って話してたのに」

「ああ。初産にしてはかなりお産の進みが速かったからな。痛みがどんどん強くなって、びっくりしただろ？」

「ううん。颯真さんがずっとそばにいてくれたから、すごく安心したの。ありがとう。あまりに頼りになるから、颯真さん産婦人科のドクターなの？って思っちゃった」

「あれくらい医師なら普通だよ。菜乃花の身体のケアをしてくれたのは主治医の先生だし、赤ちゃんの身体を診察してくれたのは小児科医の三浦先生だ。俺はただ、菜乃花の夫としてそばにいただけだよ」

颯真の言葉を、菜乃花はにこにこしながら聞いている。

「菜乃花？　どうかした？」

「ううん。素敵な旦那様だなーって思ってたの。ふふっ」

思わぬ言葉に颯真はドギマギした。

「ちょっ、菜乃花。何を言ってる？　赤ちゃんもいるのに」

「あはは！　ねえ赤ちゃん、パパ照れてるのかな？」

つんつんと赤ちゃんの頬に指で触れる菜乃花に、颯真は顔を赤くする。

「あなたのパパはね、とっても優しくて温かくて頼りになるドクターなの。だから何も心配しないで、すくすく大きくなってね」

優しく赤ちゃんに語りかける菜乃花に、颯真も口を開いた。

「君のママだって、誰よりも愛情豊かな人だよ。どんなことがあってもそばにいて、優しく心を癒やして守ってくれる。だから何も心配いらない。ママと君を、俺は必ず幸せにしてみせるから」

すやすやと気持ちよさそうに眠る赤ちゃんを、菜乃花も颯真も微笑みながら見守った。

「颯真さん。赤ちゃんの名前、どうしますか？」

菜乃花が顔を上げて尋ね、颯真は、うーん、と真剣に考え込む。

「まだ決めかねてるんだ。菜乃花は？」

「私も、これだって思うものがなくて」

「そうか。まあ、もう少しゆっくり考えてみよう」

「そうですね」

菜乃花は赤ちゃんに目をやりながら、しみじみと話し出す。

「私ね、この子には辛くて悲しい思いは何ひとつしてほしくないんです。だけど生きてると、どうしても傷つくことがある。そんな時、私は必ずこの子のそばで励ましたいの。この子が自分の力で乗り越える強さを持てるように」

「そうだな。俺が菜乃花に救われたように、俺もこの子の心を救いたい。たとえどんな困難が待ち受けていたとしてもそれを乗り越え、希望の光を見出せるように」

「ええ、きっと大丈夫。だってこんなにも輝かしい命なんだもの。この子の人生はこの先もずっとキラキラ光り輝いてる」

「ああ」

そしてふたりはふいに顔を上げた。

「颯真さん、この子の名前……」

「俺も今思いついた」

『ひかり』

ふたりの声が重なる。

「ふふっ、おんなじでしたね」

「ああ。これしか考えられない」

「そうですね」

ふたりは愛娘に話しかける。

「ひかり、一緒に幸せな毎日を過ごそうね」

「ひかり、元気に大きくなるんだぞ」

返事の代わりに、ふあ……と大きなあくびをするひかりに、颯真は菜乃花と顔を見合わせて笑った。

そっと菜乃花がひかりの頬にキスをすると、颯真はそんな菜乃花の頬に手を添えて口づける。

病室の片隅で小さなクリスマスツリーのライトがキラキラと、三人を祝福するかのように光り輝いていた。


（完）

あとがき

はじめまして、葉月まいと申します。

今から二年ほど前に小説投稿サイトで小説を書き始めました。

読者の方から「面白い」「ほのぼのする」という感想をいただくことが多く、自称「おもしろほのぼの作者」を名乗っておりました。

普段の私はかなりお調子者で、小説の中でもついつい笑いを取りにいってしまいます。

そんな私から、この作品が生まれた経緯は……。

クリスマスシーズンにテレビＣＭで流れていた曲が耳に残り、切ない曲調にインスピレーションを得て書いたのが、本作のベースになった「花咲くように　微笑んで」という作品です。

恋愛だけでなく悩みや挫折、癒やしと克服をテーマに書きました。

生きていれば誰しもが時に辛く悲しい経験をします。

それを包み込む温かさや優しさを大切に、作品の中に光や色や風の描写をちりばめました。感じ取っていただけましたら嬉しく思います。

書籍化に際し、多くの方々にお力添えをいただきました。編集部の皆様、大変お世話になりました。この作品にまさに命を吹き込むかのごとく美しいイラストで世界観を広げてくださった南国ばなな先生、本当にありがとうございました。関わってくださった全ての方々に感謝と敬意を表します。

最後に、私が作者でいられるのは読者の皆様がいてくださるおかげです。この作品を読んでくださった方々、投稿サイトのファン登録をしてずっと応援し続けてくださった方々に、心よりお礼を申し上げます。ありがとうございました。

これからも「読んでくださる皆様の心に、ほんの少しでも何かを残せたら」と願いつつ、私らしい作品を書き続けていきます。

またどこかでお会い出来ますように……。

二〇二五年三月

葉月（はづき）まい

葉月まい先生への
ファンレターのあて先

〒104-0031
東京都中央区京橋1-3-1
八重洲口大栄ビル7F
スターツ出版株式会社　書籍編集部　気付

葉月まい先生

本書へのご意見をお聞かせください

お買い上げいただき、ありがとうございます。
今後の編集の参考にさせていただきますので、
アンケートにお答えいただければ幸いです。

下記URLまたは二次元コードから
アンケートページへお入りください。
https://www.ozmall.co.jp/enquete/IndexTalkappi.aspx?id=2301

君を愛していいのは俺だけだ
～コワモテ救急医は燃える独占欲で譲らない～

2025年3月10日　初版第1刷発行

著　　者　　葉月まい
©Mai Hazuki 2025
発 行 人　　菊地修一
デザイン　　カバー　フジイケイコ
フォーマット　hive & co.,ltd.
校　　正　　株式会社鷗来堂
発 行 所　　スターツ出版株式会社
〒104-0031
東京都中央区京橋1-3-1　八重洲口大栄ビル7F
TEL　03-6202-0386（出版マーケティンググループ）
TEL　050-5538-5679（書店様向けご注文専用ダイヤル）
URL　https://starts-pub.jp/
印 刷 所　　大日本印刷株式会社

Printed in Japan

乱丁・落丁などの不良品はお取替えいたします。
上記出版マーケティンググループまでお問い合わせください。
定価はカバーに記載されています。

ISBN 978-4-8137-1716-4　C0193

ベリーズ文庫　2025年3月発売

『目を覚ますと初めましての御曹司と婚約してました～君が記憶を失くしても、この愛だけは忘れさせない～』滝井みらん・著

令嬢である葵は同窓会で4年ぶりに大企業の御曹司・京介と再会。ライバルのような関係で素直になれずにいたけれど、実は長年片思いしていた。やはり自分ではダメだと諦め、葵は家業のため見合いに臨む。すると、「彼女は俺のだ」と京介が現れ!?　強引にニセの婚約者にさせられると、溺愛の日々が始まり!?

ISBN 978-4-8137-1711-9／定価836円（本体760円＋税10%）

『無口な自衛官パイロットは再会ママとベビーに溺愛急加速中！【自衛官シリーズ】』惣領莉沙・著

美月はある日、学生時代の元カレで航空自衛官の碧人と再会し一夜を共にする。その後美月は海外で働く予定が、直前で彼との子の妊娠が発覚！　彼に迷惑をかけまいと地方でひとり産み育てていた。しかし、美月の職場に碧人が訪れ、息子の存在まで知られてしまう。碧人は溺愛でふたりを包み込んでいき…！

ISBN978-4-8137-1712-6／定価825円（本体750円＋税10%）

『「完全なる失恋だ」と思っている夫婦ですが、実は相思相愛です！～無愛想な脳外科医はお人好し新妻を放っておけない～』高田ちさき・著

お人好しなカフェ店員の美与は、旅先で敏腕脳外科医・築に出会う。無愛想だけど頼りになる彼に惹かれていたが、ある日愛なき契約結婚を打診され…。失恋はショックだけどそばにいられるなら――と妻になった美与。片想いの新婚生活が始まるはずが、実は築は求婚した時から滾る溺愛を内に秘めていて…!?

ISBN 978-4-8137-1713-3／定価825円（本体750円＋税10%）

『いきなり三つ子パパになったのに、エリート外交官は溺愛も抜かりない！』吉澤紗矢・著

花屋店員だった麻衣子。ある日、友人の集まりで外交官・裕斗と出会う。大人な彼と甘く熱い交際に発展。幸せ絶頂にいたが、ある政治家とのトラブルに巻き込まれ、やむなく裕斗の前から去ることに…。数年後、三つ子を育てていたら裕斗の姿が！　「必ず取り戻すと決めていた」一途な情熱愛に捕まって…！

ISBN 978-4-8137-1714-0／定価836円（本体760円＋税10%）

『生涯、愛さないことを誓います。～溺愛禁止の契約婚のはずが、女嫌い御曹司が甘く迫ってきます～』美甘うさぎ・著

父の借金返済のため1日中働き詰めな美鈴。ある日、取り立て屋に絡まれたところを助けてくれたのは峯島財閥の御曹司・斗真だった。美鈴の事情を知った彼は突然、借金の肩代わりと引き換えに"3つの条件アリ"な結婚を提案してきて!?　ただの契約関係のはずが、斗真の視線は次第に甘い熱を帯びていき…！

ISBN 978-4-8137-1715-7／定価836円（本体760円＋税10%）